Lust & Erregung

5 Erotik und BDSM Geschichten

Lust ist Verführung

VALLEETSY

DON'T WAIT!
SCAN THE CODE AND
START YOR JOURNEY

SCAN ME

GET MORE INFORMATION
VALLEETSY-BOUTIQUE.COMPANY.SITE

Dieses Buch ist nur für diejenigen, die den Mut haben, die Grenzen der Erotik zu erkunden und ihre verborgenen Wünsche zu entdecken.

Das Wichtigste zuerst

Tauchen Sie ein in eine sinnliche Welt verführerischer Leidenschaft, die in diesem bezaubernden Meisterwerk zum Leben erweckt wird.

Dieses Buch wird Sie mit seiner fesselnden Geschichte fesseln, die glühende Lust, brennendes Verlangen und hingebungsvolle Hingabe auf magische Weise vereint.

Die Worte in diesem Werk wurden sorgfältig ausgewählt, um Ihre Sinne zu wecken und Ihre Fantasie anzuregen.

Mit provokanten Beschreibungen entführt es Sie in die Tiefen menschlicher Lust und lässt Sie die prickelnde Erotik auf jeder Seite spüren.

Nur für diejenigen, die den Mut haben, die Grenzen der Erotik zu erkunden und ihre verborgenen Wünsche zu entdecken, ist dieses Buch gemacht.

Es ist ein Werk, das Ihre intimsten Träume anspricht und Ihre tiefsten Wünsche entfacht, während Sie in den gefährlich quälenden Strudel der Leidenschaft eintauchen.

Inhaltsverzeichnis

SCHWARZWALD ERLEBNIS

Ich war vor wenigen Wochen in Stuttgart angekommen, um meinen neuen Job anzutreten. Kontakte hatte ich noch nicht geknüpft, ich komme mit der Mentalität und der Sprache nicht zurecht. Um so überraschter war ich, als ein Junger Mann aus dem Team, das ich hier leiten sollte, mich fragte, ob ich am Abend mit zu einer Party kommen wolle. Ich hatte ihm bisher nur wenig Beachtung geschenkt, aber da ich nichts besseres vorhatte, sagte ich zu.

Nur irritierte es mich ein wenig, als er mir sagte, ich solle mich gründlich duschen.

Pünktlich zur vereinbarten Zeit holte er mich an der Pension, in der ich untergekommen war, ab.

Wir fuhren eine Weile, und ich vermute, dass wir am Ende irgendwo im Schwarzwald ankamen.

Das Haus, in das er mich führte, sah wie ein typischer Schwarzwälder Bauernhof aus.

Zuerst kamen wir in einen Raum, der wohl früher als Schweinestall gedient hatte, es gab einzelne Verschläge, und auch jetzt war der Boden mit Stroh bedeckt und an den Wänden lagen Strohballen.

Der junge Mann führte mich in einen der Verschläge, und dann sagte er das, was ich schon immer einmal hören wollte,

was ich aber nicht mehr erwartet hätte:
„Zieh' dich aus und knie dich hier hin!"

Ich war sehr irritiert, war ich so leicht zu
durchschauen? Und antwortete „Ja,
Herr!"

Aber ich tat wie mir geheißen, und der
junge Mann, den ich wohl jetzt besser
‚Herr' nennen sollte, schien zufrieden.
Die Situation erregte mich sehr, und das
war auch leicht zu sehen.

Die nächste Anweisung überraschte
mich nicht mehr so sehr: „Jetzt runter
auf die Hände!" — „Eine Erklärung gab
er auch: „Ich muss erst mal nachsehen,
ob alles in Ordnung ist." Ich hörte das
Geräusch eines Reißverschlusses, dann
trat er hinter mich.

Zuerst Griff er an meinen erigierten Penis und brachte mich mit nur wenigen, gekonnten Bewegungen zum Abspritzen. Dann machte er sich an meinem Anus zu schaffen und meinte nur: „Ich muss dich erst einmal ausprobieren." „Ja natürlich, Herr!" Und schon war er eingedrungen und bewegte sich heftig. Ich konnte nicht anders. Ich musste seinen Rhythmus aufnehmen und so dauerte es noch lange, bis auch er kam — gleichzeitig hatte auch ich einen weiteren Höhepunkt.

Als ich endlich wieder zu Besinnung kam, stand er mit noch immer erigiertem Penis vor mir und sagte: „das war schon mal nicht schlecht." Jetzt endlich legte er mir ein Halsband mit Leine an, aber wenn ich gedacht hatte, das „Ausprobieren" sei erledigt, hatte ich mich getäuscht, denn jetzt war die nächste Öffnung dran. Er legte mir einen Spreizknebel an und begann sofort mich in den Mund zu ficken — diesmal dauerte es nicht so lange, bis er kam und mir blieb nichts anderes übrig, als alles zu schlucken.

„Das war gut!" meinte er „Ich glaube, du bist zu gebrauchen." Ich grunzte etwas, das „Ja Herr!" heißen sollte.

Er nahm mir den Spreizknebel ab und fickte mich nochmal in den Mund, und auch jetzt reagierte ich und kam als er mir eine weitere Ladung in den Hals spritzte.

„Ja! Du bist zu gebrauchen!" meinte er „zwar noch ausbaufähig aber für den Anfang schon ganz passabel."

Das war aber alles nur der Anfang, das Vorspiel sozusagen …

Er legte mir eine Augenbinde an und begann, mich hinter sich her zu ziehen. Ich folgte ihm auf allen vieren.

„Darf ich etwas fragen, Herr?"

„Wie ich sehe hast du dir schon Gedanken gemacht — das ist gut! Das erleichtert die Sache ungemein.

Du hast sicher schon einmal hiervon geträumt. "

„Wenn uns jetzt jemand sieht — wäre es nicht besser, mich unkenntlich zu machen, zum Beispiel mit einer Haube oder auch einem Sack über den Kopf?"

„Nein, es sollen ja alle sehen, was ich mir da eingefangen habe!" lachte er „Aber sei unbesorgt, es wird nie jemand darüber reden — und außerdem sind ohnehin nur Männer da"

Ein schwuler SM-Club?

Wir durchquerten eine Tür und ich merkte plötzlich dass noch andere Leute anwesend waren. Nach ein paar Schritten hielten wir an und ich merkte, dass jemand vor mich trat. Dann spürte ich einen großen Penis in meinem Mund und jemand begann wie wild mein Sklavenmaul zu ficken. Als er dann kam kam schluckte ich gehorsam alles und es kam so etwas wie Applaus auf.

„Das war der beste Ficksklave, den wir haben" flüsterte mir mein Herr ins Ohr.

Jetzt führte er mich zurück in meinen Verschlag, aber anstatt mich von der Augenbinde zu befreien zwang mein Herr mich bäuchlings über einen großen Strohballen.

Das war jetzt der beginn der eigentlichen Party. Jetzt wurde ich sowohl anal als auch oral penetriert, zeitweise auch gleichzeitig und schon bald hatte ich den Überblick verloren, wie oft die Anwesenden in mir gekommen waren.

Als wohl alle fertig mit mir waren nahm mir mein Herr Halsband, Leine und Augenbinde ab und ich musste mich wieder anziehen.

„Hat es Dir gefallen ein erstes mal eingeritten zu werden?" Das war eine rhetorische Frage.

„Das machen wir jetzt jede Woche,“ erklärte mir mein Herr, „nur dass Ich Dich dann in Deinem Verschlag anleine; die anderen werden dann auch besetzt sein; wer will kann sich dann nach Belieben bedienen …“

Auf der Rückfahrt erklärte er mir dann, wie es weiter gehen wird:

„Wenn wir in unserer Freizeit zusammen sind, wirst du immer nackt sein und jeder, der will, darf Dich benutzen.

Als nächstes werden wir dann was gegen Dein Schamgefühl unternehmen, ich werde ab und zu Freunde mitbringen, manchmal auch eine Frau, ein guter Sklave muss ‚bi‘ sein!“

DAS SPIEL MOBIL

WIE MAN SICH BEI EINEM UNSCHEINBAREN
LIEFERWAGEN TÄUSCHEN KANN.

Wolfgang war förmlich elektrisiert.
Endlich hatte er bei der Internet-Auktion
der Bundeswehr ein Fahrzeug gesehen,
das er immer schon gesucht hatte:
Kastenwagen, nicht komplett
verschlossen, sondern mit Fenstern an

beiden Seiten, senkrecht geteilte Heckklappe zum leichten Be- und Entladen, Hochdach, so dass man aufrecht auf der Ladefläche stehen konnte und sogar Allradantrieb für unwegsames Gelände.

Auch der Preis stimmte, wusste er doch, dass man bei solchen Auktionen erstens nicht verhandeln konnte und zweitens aufpassen musste, dass man letztlich bei der Auktion der Glückliche ist. Die technischen Daten schienen ganz in Ordnung zu sein, klar kleine optische Mängel waren schon sichtbar, aber für das, was er mit dem Wagen vorhatte, würde er sicher die Optik auch von außen von Grund auf neu herrichten.

Nach seinem ersten Angebot wurde er einige Male überboten, und er bot tapfer mit, um Besitzer dieses Schmuckstücks zu werden. Er fieberte dem Ende der

Auktion entgegen und hatte das große Glück, letztlich den Wagen ersteigern zu können.

Nun musste er ihn natürlich noch in Koblenz abholen, was aber bei ca. nur 100 km Anreise auch kein großes Problem darstellen sollte. Da der Wagen zuletzt auf die Bundeswehr zugelassen war, hatte er natürlich keine Straßenzulassung. Aber auch das ging reibungslos über die Bühne und er konnte mit den Kurzzeitkennzeichen losfahren, um sein „Schmuckstück" abzuholen. Die Formalitäten waren schnell erledigt und so machte er sich auf den Heimweg über die A 61, zurück ins Rheinland. Mehr als 80 km/h konnte, wollte und durfte er nicht fahren, so dass er genug Zeit hatte, sich seine Pläne noch einmal sehr intensiv durch den Kopf gehen zu lassen.

Schon der Gedanke an die Umbauten bereitete ihm zusehends Freude, je intensiver er über die ersten „Einsätze" des Wagens nachdachte, desto enger wurde es ihm vor Vorfreude in der Hose.

Da er handwerklich äußerst begabt ist, wollte Wolfgang den Umbau möglichst kostengünstig alleine durchführen. Ihm war zwar bewusst, dass allerlei Arbeit auf ihn zukam, aber die Vor-freude ist ja bekanntlich die schönste Freude. Zeit hatte er allemal und konnte daher beruhigt über die Feinheiten (Gemeinheiten?) der Ausstattung des Wagens nachdenken. Wolfgang hatte im Vorfeld schon umfangreiche Recherchen im Internet durchgeführt, so z.B. über in Bronzeton bedampfte Fensterscheiben, die nur bedingt durchsichtig sind. Er war trotz des hohen Aufwandes ziemlich entschlossen, solche Scheiben in das neue Playmobil einzubauen. Während er noch in seinen Gedanken schwelgte näherte er sich schon der Autobahnausfahrt Moitzfeld auf der A4, danach war es nur noch einige Kilometer und er war mit seinem neuen Schätzchen zu Hause angekommen.

Da er auf einem früheren, aufgegebenen land- und forstwirtschaftlichen Betrieb wohnte, konnte er seine neue Erwerbung in einem der weitläufigen Gebäude trocken und sicher unter-bringen. Er ging zuerst einmal ins Wohnhaus. Der Anrufbeantworter hatte wie üblich einige Anrufe aufgezeichnet, u.a. auch von Karl-Heinz, einem guten Kumpel, der ähnlichen Neigungen wie Wolfgang nachging und ihm auch beim Umbau des Wagens behilflich sein würde. Karl-Heinz wollte wissen, ob und wann er das Objekt der „Begierde" erstmals sehen könne und bat um entsprechenden Rückruf. Nur zu gerne meldete sich Wolfgang umgehend bei Karl-Heinz; es verging nur eine knappe halbe Stunde und Karl-Heinz erschien.

Gemeinsam gingen sie zur Scheune, um das gute Stück einer genaueren Musterung zu unter-ziehen und sich schon unmittelbar in Pläne hinsichtlich des Umbaus zu vertiefen.

Die Ladefläche war erfreulich groß, um genau zu sein, 1,80 m breit und mehr als 5 m lang. Da sollte doch sicher einiges an Spielzeug seinen Platz finden. Die beiden hatten schon die kühnsten Träume, sollte doch sowohl ein Sling, als auch ein multifunktionaler Untersuchungsstuhl dort ihren Platz finden, um den gemeinsamen, versauten Phantasien freien Lauf zu lassen.

Der Umbau

Leider war der Laderaum aktuell noch vom Führerhaus getrennt, aber auch hier hatten die beiden schon Überlegungen, einen Durchgang zu realisieren. Sie begannen, die genauen Masse zu notieren und malten sich dabei schon aus, wie das Playmobil in der Endausbaustufe wohl aussehen könnte. Die Daten waren schnell ermittelt, so dass sie in die Planungen für den Fensterumbau gehen konnten. Die normale Verglasung musste einer Spezialverglasung weichen, die durch eine entsprechende Tönung eine gewisse Abdunkelung erreichte und damit eine uneingeschränkte Durchsicht verhinderte. Gleichwohl sollte man bei entsprechender Beleuchtung sowohl von innen nach außen, als auch umgekehrt sehen können, damit mögliche und sehr willkommene

Zuschauer die ganze Handlung im Inneren des Playmobils bis ins kleinste Detail überblicken können. Zwei größere Hebetüren, die jeweils die vollständige Seitenfläche links und rechts abdeckten und die bei Bedarf hochgeklappt werden konnten (wie bei einem Verkaufswagen) waren die nächste größere Maßnahme.

Der grobe Umbau war schnell geschehen. Ging es nun zu den vielen kleinen, gemeinen und geilen Feinheiten, die sich in der Gedankenwelt von Wolfgang und Karl-Heinz schon seit Jahren tummelten. Bei aufgeklappten Seitenteilen sah man durch die abgetönten Fenster in den Innenraum, je heller der Innenraum erleuchtet war, desto besser war die Sicht. Die Wände des Innenraums waren gepolstert und mit schwarzem Latex ausgeschlagen. Unterhalb der Fenster waren in unterschiedlichen

Höhen auf beiden Seiten je 4 Öffnungen entstanden, die nicht nur auf den ersten Blick wie teilweise etwas zu groß geratene Glory-Holes aussahen. Selbstverständlich konnte man die Öffnungen nur dann sehen (und auch benutzen!!), wenn die Seitenteile hochgeklappt waren und damit das Playmobil im Einsatz war.

Der Sling hing schon im vorderen Teil des Laderaums, wenn auch noch unbenutzt unter der Decke. Der multifunktionale Untersuchungsstuhl war hinten rechts installiert, damit der Zugang zum Raum durch die geöffnete Hecktür noch möglich war. Der Stuhl war etwas in Abstand von der Seitenwand aufgebaut, damit man ihn selbst noch drehen und auch die Fußstützen bei Bedarf noch möglichst weit nach außen einstellen konnte. Die Beleuchtung des ge-samten Szenarios wurde durch eine Reihe von kleinen, aber leistungsfähigen LED's ermöglicht, deren Versorgung von einer weiteren, entsprechend groß ausgelegten Zusatzbatterie gewährleistet wurde. An der Decke war zwei Flachbildschirme dreh- und schwenkbar angebracht, um den beiden zu behandelnden Personen bei Bedarf auch einschlägige DVD's zeigen zu können. In allen vier Ecken des Laderaums waren sowohl im Dachbereich, als auch ca. 30 cm oberhalb des Bodens kleine, sehr leistungsfähige Videokameras installiert, so dass man von einer vollständigen „Überwachung" des Innenraums durch insgesamt 8 Kameras ausgehen konnte. Die so erzeugten Aufnahmen konnten bei Bedarf direkt auf die Bildschirme geleitet werden, so dass die Delinquenten besser verfolgen konnten, was mit ihnen passiert.

Die Technik der von außen als harmlose „Glory-Holes" sichtbaren Öffnungen hatte es im Inneren des Play- Fick- und Fistmobils im wahrsten Sinne des Wortes in sich:

Die beiden hinteren Holes (auf Höhe des Stuhls) waren mit Aufnahmehülsen versehen, in denen ein nicht zu unterschätzendes Vakuum erzeugt werden konnte, durch das eingeführte Schwänze unerbittlich leergemolken wurden. Die Gemeinheit dieser Holes bestand darin, dass das Vakuum erst dann wieder nachließ, wenn der geile Zuschauer mindestens einmal abgemolken worden war.

Die nächsten beiden Holes waren etwas größer ausgelegt, so dass Man(n) sowohl Schwanz als auch Eier durchstecken konnte. Aber auch hier gab es eine Gemeinheit: Sobald ein

Zuschauer seine Kronjuwelen durch das Loch gesteckt hatte, schnappte innen ein sehr enger Cockring zu und das gesamte Gemächt war auf Gedeih und Verderb gefangen. Das der jeweilige Schwanz sehr schnell zu voller Pracht ausfuhr, war bei der Enge das Cockrings und den Aussichten auf das Treiben im Innereien des Playmobils wohl selbstverständlich. Die Cockringe dieser Holes konnten nur durch Wolfgang oder Karl-Heinz selbst mit einem Spezialschlüssel wieder geöffnet werden. Die beiden wiederum hatten dann erkennbaren Spaß, ihr von außen zuschau-endes Opfer neben den Patienten im Playmobil zu verwöhnen.

Die nächsten beiden Holes (je eins links und rechts) waren wie normale Glory-Holes ausgestattet und konnten von der im Sling liegenden Person mit der Hand erreicht und entsprechend verwöhnt werden. Selbstverständlich konnte jeder der Insassen hier auch einen anständigen Blow-Job verrichten.

Die vorderen beiden Holes waren wahre Technik-Holes: Grundsätzlich auch etwas größer als ein normales Hole, damit Schwanz und Eier durchgesteckt werden konnten, auch mit dem „automatischen Schwanz und Sack-Fang-Cockring versehen, wiesen die beiden Holes eine elektrisierende Besonderheit auf. War erst einmal ein Schwanz gefangen und auch voll ausgefahren, kam ein Vakuumzylinder zum Einsatz. Aber nicht etwa so ein normaler Zylinder, der Schwanz und ggf. Eier unter Vakuum setzte, nein, das konnten ja schon die hinteren Absaugholes. Hier war die Technik aufwendiger und um einiges perfider:

Mittig im Vakuumzylinder war ein Metallstift mit abgerundeter Spitze, 18 cm lang, 8mm im Durchmesser angebracht. Der Zylinder wurde nun in Richtung des aufgerichteten Schwanzes geführt, wobei der Metallstift unerbittlich durch den Piss-Schlitz in die Harnröhre eingeführt wurde. Durch das Vakuum verschwand der Metallstift in voller Länge in der Harnröhre. Die Spitze befand sich bei den meisten „Gefangenen" ungefähr in Höhe der Prostata, wenn man(n) nicht so üppig gebaut war, konnte auch der Blasenschliessmuskel erreicht werden. Als Krönung waren der Metallstab einerseits und der Cockring andererseits an ein Reizstromgerät angeschlossen, das die entsprechenden, sehr tief gehenden Impulse abgab.

Alle acht Glory-Holes wurden innen jeweils zwei genau ausgerichteten

Spots ausgeleuchtet, um den Kameras
die nötige Helligkeit zu geben und auch
insgesamt die Helligkeit im Lade-raum
zu gewährleisten, damit man von außen
trotz der getönten Scheiben auch geile
Details besser erkennen konnte.

Wolfgang und Karl-Heinz waren mehr
als zufrieden, als sie sich ihr Werk
ansahen. Um den „Laderaum" auch vom
Fahrerhaus erreichen zu können, wurde
ein kleiner Durchschlupf geschaffen;
gleichzeitig wurde der Beifahrersitz in
einen drehbaren Sitz getauscht, so dass
der Beifahrer bei Bedarf auch während
der Fahrt das Treiben im Laderaum
verfolgen konnte.

Von außen wurde das Playmobil in
schwarz, allerdings nicht glänzend,
sondern komplett matt umlackiert. Die
Fenster im Bronzeton gaben einen
hervorragenden Kontrast ab. Leider

musste die Frontscheibe und die Seitenscheiben des Führerhauses aus Gründen der StVZO im profanen weiß verbleiben, hier konnte man ja bei Bedarf mit innen angebrachten Vorhängen Abhilfe schaffen.

Nachdem das Playmobil soweit fertig gestellt war, fieberten Wolfgang und Wolfgang und Karl-Heinz förmlich dem ersten Einsatz entgegen.

Schnell noch die laufenden Betriebsmittel (Gleitcreme, Poppers, Salinebeutel, Kanülen, Papierrollen etc.) besorgt und auch die schon vorhandenen Spielzeuge wie Dildos, Spreizer, Vakuumpumpen, Harnröhrendilatoren, Reizstromgeräte, usw.) eingepackt und die Jungfernfahrt konnte beginnen. Eine Straßenzulassung hatte Wolfgang inzwischen auch erhalten, dabei hatte er das Mobil an seinem zweiten Wohnsitz in Wiesbaden angemeldet, um hier vor Ort nicht mit einem hiesigen Kennzeichen zu schnell ermittelt werden zu können. Bezeichnenderweise hatte er um das Kennzeichen WI XR 666 nachgesucht und auch erteilt bekommen.

Der Einsatz des Playmobils

Wolfgang und Karl-Heinz hatten sich selbst in Leder gekleidet und auch das Outfit darunter hatte es in sich: Beide trugen darunter nur einen Ganzkörperharness, der jeweils einen 3 cm Plug in ihren Ärschen unerbittlich festhielten, die Schwänze steckten in eng bemessenen Cockringen und verursachten schon erhebliche Ausbuchtungen im glänzenden Lederoutfit.

Um nicht zu auffällig zu wirken, hatten Wolfgang und Karl-Heinz einen Sommerabend aus-gesucht und fuhren die A4 in Richtung Osten. Wolfgang steuerte jeden einschlägigen Rastplatz an der A4 an, beginnend mit dem Rastplatz mit dem bezeichnenden Namen „Lustheide" in Refrath. Er wollte einmal testen, welche Aufmerksamkeit das Playmobil mit dem „netten" Kennzeichen auf sich zog.

Er hielt auf den Rastplätzen jeweils direkt am Anfang an, stellte die rechte, meistens zum Wald gelegene Schwingtür auf, öffnete die rückwärtige Tür einen kleinen Spalt und schlenderte selbst betont unauffällig um das Playmobil herum. Währenddessen hatte Karl-Heinz die vorderen Scheiben von innen verdunkelt und wartete auf dem Beifahrersitz was wohl geschehen würde. Abgesehen von der mattschwarzen Farbe sah das Play-Mobil von weitem wie ein Verkaufsfahrzeug mit geöffneter Bedientheke aus. Es kam, wie es kommen musste. Ange-lockt von Wolfgangs Lederoutfit näherte sich ein Mittvierziger und wollte einmal sehen, was es mit dem merkwürdigen Verkaufswagen auf sich hatte. Der Vertreter-Typ näherte sich von hinten rechts und bemerkte die leicht geöffnete Hecktüre. Ermuntert durch Wolfgang öffnete er die Tür etwas mehr blickte in das Innere das Wagens und erschrak sichtlich. Bevor er sich jedoch umdrehen und zurückziehen konnte, hatte Wolfgang ihn von hinten gepackt und ins das Innere des Wagens geschoben, die Tür verschlossen und fast gleichzeitig auch die rechte Seitenwand wieder herabgelassen. Nichts deutete mehr auf einen Verkaufswagen hin.

Karl-Heinz hatte den Beifahrersitz verlassen und kam Wolfgang zur Hilfe. Der soeben „eingefangene" Kerl war extrem überrascht, als Wolfgang und Karl-Heinz fast gleichzeitig ihr Lederoutfit fallen ließen und er sich zwei nur in Harness bekleideten, erkennbar sehr geilen Typen gegenübersah. Der Vertreter wollte protestieren, war aber bei Ansicht der beiden selbst wohl schlagartig so geil geworden, dass er die Frage von Wolfgang, ob er denn jetzt und hier Spaß haben wolle, wenn auch etwas zögerlich aber mit einem klaren „Ja" beantwortete.

Wolfgangs Tonart änderte sich blitzartig. Er herrschte den Vertreter an, sich umgehend splitternackt auszuziehen und es sich auf dem wie ein Gynäkologenstuhl eingestellten Stuhl bequem zu machen. Zögerlich kam der Vertreter dieser Aufforderung nach und legte sich hin. Wolfgang und Karl-Heinz sicherten ihr Opfer mit breiten Lederriemen um Brust und Kopf und den entsprechenden Riemen an den Beinhaltern, die jetzt extrem auseinandergedreht wurden.

Vollkommen entblößt, in einer für ihn sicherlich überraschenden und auch sehr kompromittierenden Lage protestierte das Opfer etwas, was aber nur mit einem aufpumpbaren Knebel beantwortet wurde. Nun war Ruhe. Dem Opfer wurde sichtbar unwohl, gleichwohl zeigte sich auch bei ihm bereits eine beginnende Erektion. Viel war das nicht, was der Vertreter das zu bieten hatte, zumal ein fürchterlicher Urwald von Schamhaaren das Gemächt fast vollständig verdeckte. Wolfgang und Karl-Heinz schauten sich nur kurz an und beide wussten genau, was jetzt passierte. Dem Opfer wurden die

Schamhaare mit einer Schere gestutzt und die Reste danach mit einem Einmalrasierer radikal entfernt. Das sah jetzt schon um Längen besser aus, auch der Schwanz des Opfers kam nunmehr viel besser zur Geltung. Langsam aber sicher entwickelte sich dann doch noch eine beachtliche Erektion, zumal ja auch die Schwänze von Wolfgang und Karl-Heinz jetzt vollständig ausgefahren waren. Der Anblick dieser Prachtstücke, beide beschnitten und beide mit nicht übersehbaren Prinz-Albert-Ringen versehen, konnte den Vertreter ja auch nicht unberührt lassen.

Wolfgang wollte nun weiter fahren, um einen diskreteren Platz zu finden. Wolfgang eröffnete seinem Opfer noch, dass er mit dem Playmobil nun ein oder zwei Parkplätze weiter fahren werde, und zwar dort hin, wo man von der Autobahn selbst keinen richtigen

Einblick auf den Parkplatz haben werde. Er erklärte ebenso noch die Funktion der hochklappbaren Seitenteile, der nur bedingt durchsichtigen Seitenfenster und der von außen sichtbaren Glory-Holes für potentielle Zuschauer. Die nun doch angsterfüllten Augen ihres Opfers wurden mit schwarzen, absolut lichtundurchlässigen Kontaktlinsen versehen. Zusätzlich bekam er noch Ohrstöpsel eingesetzt, damit er sich voll und ganz seinen Gefühlen hingeben konnte und sich schon einmal losgelöst von äußeren Einflüssen auf das kommende vorbereiten zu konnte. Je ängstlicher und unsicherer ihr Opfer wurde, desto geiler wurden Wolfgang und Karl-Heinz; ihre stattlichen Schwänze standen, unterstützt durch die Cockringe weit und steil von ihren Körpern ab.

Los ging die Fahrt in Richtung Osten.
Auf dem Rastplatz Overath war viel zu
viel los, also weiter zum Parkplatz
Erlenhof oberhalb von Loope, der nur
teilweise von der Autobahn einsehbar
war. Das Playmobil war schnell geparkt,
die rechte, der Autobahn abgewandte
Seiten-klappe wurde hochgeklappt,
Wolfgang ging „züchtig" bekleidet um
das Playmobil herum, inspizierte noch
einmal die Glory-Holes und wartete auf
Zuschauer. Karl-Heinz hatte derweil
eine einschlägige DVD in den DVD-
Player gelegt. Zwar konnte das Opfer ja
nichts sehen, aber nachdem er ihm die
Ohrstöpsel heraus genommen hatte
hielten alleine die Geräusche ihn
erkennbar bei Laune, der Schwanz
stand wie eine eins. Selbst Hand
anlegen konnte das Opfer ja nicht, da
ihm auch die Hände an den Armlehnen
des Gyn-Stuhls gefesselt waren, aber
Karl-Heinz war so gnädig und

verwöhnte ihn etwas um ihn bei Laune
zu halten.

Karl-Heinz schreckte ein leises
Geräusch auf, ein metallisches Klicken
verriet ihm, dass ein neugieriger
Zuschauer soeben seinen Schwanz mit
den Hoden durch das rechte, vordere
Glory-Hole gesteckt hatte und
augenblicklich gefangen war. Karl-Heinz
hörte beruhigende Worte von Wolfgang,
der besänftigend auf den Besitzer des
gefangenen Schwanzes einwirkte, so
dass die heftigen Ziehbewegungen
langsam aufhörten. Klaus entfernte jetzt
auch die Kontakt-linsen, damit der
Vertreter selbst Augenzeuge des
gefangenen Schwanzes werden konnte
und sich die beiden Opfer dadurch
gegenseitig aufgeilen konnten. Schon
wieder ergab sich ein zischendes
Geräusch, gerade in dem Moment, als
ein weiterer Schwanz diesmal in das

rechte „Absaug-Glory-Hole" eingeführt wurde und auch augenblicklich gefangen war. Da half kein Ziehen und Rütteln, wieder hörte man beschwichtigende Worte von Wolfgang und das Ziehen hörte augenblicklich auf.

Wolfgang war froh, dass es inzwischen so weit dunkel geworden war, dass man von der Autobahn aus nicht mehr erkennen konnte, dass zwei geile Voyeure durch ihre Schwänze gefangen einem ebenso geilen Schauspiel folgten. Er ging wieder ins Playmobil zurück, um Karl-Heinz bei der Behandlung des drinnen auf dem Gyn-Stuhl festgezurrten Vertreters zu helfen. Karl-Heinz war gerade dabei, die Arschvotze des Vertreters gangbar zu machen, man(n) wollte ihm und den Zuschauern ja schließlich das volle Programm bieten. Vorsichtig dehnte er den Schließmuskel mit einem kleinen Dildo;

massives, geiles Stöhnen war die Antwort des so Behandelten. Wolfgang nahm sich des steil in die Luft ragenden Schwanzes an und wichste ihn sehr langsam. Auch hier war nicht überhörbares Stöhnen die eindeutige, geile Antwort. Wolfgang hörte schnell auf, um nicht zu riskieren, dass der Vertreter schon so früh absahnte, wollte er doch seinen unfreiwilligen Zuschauern noch etwas bieten. Er überprüfte den Saug-rüssel, der den einen Zuschauer gefangen hielt, schwach konnte man dessen Stöhnlaute von außen bis in das Playmobil hören. Auf einmal wurde es lauter, es folgte ein Aufschrei und im Schauglas der Absaugeinrichtung war ein massiver Schwall von soeben abgezapftem Boyschleim zu sehen. Der Absaugrüssel hatte ganze Arbeit geleistet und seine Praxistauglichkeit bewiesen. Dadurch, dass der Schwanz nach erfolgtem

Abschuss seine Erektion teil-weise verlor, konnte das bisher gefangene Opfer sich zurücklehnen und den Schwanz aus der „Melkmaschine" ziehen. Wenn man gedacht hatte, dass der Boy fluchtartig den Platz seiner Entsamung verlassen würde, hatte man sich getäuscht. Er klopfte vorsichtig ans Fenster und bedeutete Wolfgang, mit ihm sprechen zu wollen. Wolfgang vertröstete ihn etwas und schlug vor, auch das linke Seitenteil aufzuklappen, dann könne der Boy ja auch einmal das linke, vordere Glory-Hole ausprobieren.

Etwas unsicher folgte dieser dem Vorschlag Wolfgangs, ging im Schutze der Dunkelheit auf die andere Seite des Playmobils und führte seinen Schwanz in das vordere Glory-Hole ein. Da dieses Hole ja etwas größer gearbeitet war, folgte auch der Sack mit den beiden Eiern. Der automatische

Cockring schnappte zu und der arme Boy war erneut gefangen, diesmal von einem unerbittlichen, metallenen Cockring, der Schwanz und Eier fest im Griff hatte.

Wolfgang war nur noch überrascht, wie einfach es ist, geile Typen einzufangen und zu Aktionen zu zwingen, die sie nie für möglich gehalten haben. Hatte er jetzt doch zwei Schwänze, mehr oder weniger steif in das Playmobil ragend, die förmlich danach schrien, elektrisch entsaftet zu werden. Um eventuelle Schäden zu verhindern, spritzte Wolfgang beiden ein Gleitmittel in die Harnröhre, was zwar zu Zuckungen beider Boys führte, aber zurückziehen ging ja nicht, sie mussten es halt mit sich geschehen lassen. Das prickelnde an der Situation war ja auch, dass beide Boys in das Playmobil hineinsehen konnten und dementsprechend neben dem im Gyn-Stuhl fixierten Vertreter gegenüber auch den Schwanz des anderen Boys und dessen Behandlung sehen konnten. Am Gesichtsausdruck der beiden Boys waren sowohl unbändige Geilheit, aber auch Unsicherheit, was nun mit ihnen geschieht, ablesbar.

Beide entwickelten prächtige Erektionen, die dem kurz bevorstehenden Einsatz des Vakuumzylinders mit dem Metallstab wesentlich erleichterten. Vor dem Einführen der Stäbe bestrich Wolfgang die blanken Eicheln, die Schwänze und die Säcke der Boys noch mit einer Ingwer-Paste, die innerhalb kurzer Zeit ein brennendes und später wärmendes Gefühl auslösen sollte. Dann war es soweit, er setzte den Zylinder erst beim Boy auf der rechten Seite an, der Boy auf der linken Seite wurde sichtlich nervös, als er sehen musste, dass sich ein Metallstab unerbittlich durch den Piss-Schlitz in die Harnröhre seines Gegenübers zwängte.

Für Ungeübte ist ein Durchmesser von 8 mm schon recht heftig und der Boy zur rechten hatte tatsächlich einen noch recht jungfräulichen Piss-Schlitz, so dass Wolfgang nochmals Gleit-mittel einspritzen musste. Doch dann flutschte der Stab ohne nennenswerten Widerstand in den engen Piss-Kanal. Der Schwanz wurde durch das Vakuum weit in den Zylinder gezogen, so dass schon bald der gesamte Stab verschwunden war und der Ansatz des Zylinders die Hoden heftig gegen den Cockring drückten. Nun war der zweite Boy an der Reihe, auch er war offenbar mit Harnröhrenspielen nicht sehr vertraut, sodass Wolfgang auch hier nachschmieren musste, aber auch dieser Boy konnte sich der Penetration seiner Harnröhre nicht entziehen. Bald war auch er durch den Metallstab gepfählt und der Schwanz ganz in die Röhre gezogen. Während dieser Prozedur wurde beide Schwänze in Nahaufnahme mit den Kameras aufgenommen und übergroß auf den Bildschirm übertragen, sodass auch der Vertreter in seiner etwas unbequemen Lage etwas Aufgeilendes zu sehen bekam und dadurch bei Laune gehalten wurde. Die beiden Boys waren also zuerst einmal „ruhig" gestellt, da die Schwänze unerbittlich fest hingen und sie dadurch keine Bewegungsmöglichkeit mehr hatten. Um den Boys jetzt auch noch etwas Geiles bieten zu können, wandten sich Wolfgang und Karl-Heinz wieder dem bewegungsunfähig auf dem Gyn-Stuhl wartenden Vertreter zu.

Nachdem Schwanz und Eier von allen Haaren befreit waren, zeigte sich, dass der Sack noch einer besonderen Behandlung bedurfte. Schnell waren eine Kanüle und auch ein halber Liter 0,9 %-ige Salzlösung zur Hand, wie sie zu Infusionen verwandt wird. Der Sack schrie förmlich nach einer Salinefüllung. Wolfgang verpasste dem Vertreter eine ordentliche Portion Poppers, um ihn vom Einstich der Kanüle in seinen Hodensack abzulenken. Es klappte alles bestens und schon bald lief die Salzlösung langsam in den Hodensack ein.

Dieses Schauspiel blieb wurde von den beiden gefangenen Boys natürlich ganz genau beobachtet. Umso überraschter reagierten sie, als Wolfgang bei beiden gleichzeitig den Reizstrom, wenn auch anfangs nur sehr leicht einschaltete. Beide Boys versuchten –wider besseren

Wissens- ihre Schwänze abrupt zurück zu ziehen und damit der Stromeinwirkung zu entziehen, aber die Cockringe waren unerbittlich stramm und die Boys damit gefangen. Durch die heftigen Bewegungen erreichten sie nur, dass die Metallstäbe noch tiefer in ihren Schwänzen versanken. Langsam regelte Wolfgang bei beiden Geräten die Stromstärke höher und stellte ein automatisch ablaufendes Programm ein, das durch ständig wechselnde Impulsfolgen die Boys langsam aber sicher zum Höhepunkt bringen sollte. Die Boys wurden zunehmend nervöser, die Geilheit in ihren Gesichtsausdrücken überlagerte evtl. noch vorhandene Angstgefühle, das zunehmend lauter werdende Stöhnen der so gereizten Boys war auch innen im Playmobil deutlich zu hören.

Der Sack des Vertreters wurde stetig und unerbittlich mit Saline gefüllt. Damit die in den Ho-densack eingeleitet Flüssigkeit sich nicht auch in den Schwanz und den weiteren Unterbauch verteilte, wurde dem Vertreter ein eng sitzender Gummicockring lediglich um die Eier gelegt, um diese vom Schwanz etwas abzuschnüren. Die Wirkung war immens, der Sack füllte sich zusehends und glich schon bald einer prallen Apfelsine. Die erste Flasche mit 500 ml Saline war nach ca. 30 Minuten im Sack verschwunden und es sah so aus, dass da noch mehr Platz war. Also wurde eine weitere Flasche angeschlossen. Der Sack nahm langsam aber sicher beängstigende Ausmaße an, aber dadurch, dass die Saline langsam einfloss, hatte der Hoden-sack ausreichend Gelegenheit, sich entsprechend zu dehnen. Ein ganzer Liter passte dann am Ende nicht den

Sack, aber knapp 900 ml waren auf jeden Fall erreicht. Der Vertreter stöhnte in seinen Knebel und sah zu seiner großen Überraschung seinen nunmehr massiven, durch den Gummiring abgeschnürten Hodensack zwischen den Beinen. Der Schwanz stand nach wie vor wir eine eins.

Karl-Heinz entfernte den Knebel und fragte den Vertreter, was er denn nun von seinem Sack halten würde. Da dieser die Wirkung von Saline bisher nicht kannte und auch nicht wusste, dass sich diese innerhalb von 1 bis 2 Tagen rückstandslos wieder abbauen würde, brüllte er erst einmal los. „Was soll denn jetzt meine Frau sagen, wenn sie mich so sieht, vollständig haarlos und solch einen Monstersack?" Karl-Heinz beruhigte ihn und gab ihm die nötigen Informationen, dass der jetzt riesige Sack spätestens nach 2 Tagen wieder seine Ursprungs-größe haben würde. Was den nun haarlosen Sack und Schwanz angeht, musste sich der Vertreter selbst eingestehen, dass diese Situation zwar vollkommen neu für ihn war, aber absolut nicht ohne Reiz.

Der nächste Schock sollte nicht lange auf sich warten lassen. Wolfgang kam mit einem kleinen Eichelring von 25 mm Durchmesser; am Ring war ein Rundbügel mit einer 8 mm Kugel befestigt. Er schmierte ein wenig Gleitmittel auf die Eichel des Vertreters und legte ihm dann den Ring mit etwas Druck über die Eichel an. Dabei schob er den Bügel über die Eichel und führte die Kugel ein den Piss-Schlitz des Vertreters ein. Bevor dieser den Vorgang richtig realisieren konnte, war das Pissloch durch die Kugel gestopft. Die Enge des Rings von nur 25 mm und die Lage direkt hinter der Eichel in der

Eichelfurche bewirkten augenblicklich einen verstärkten Blutandrang in der Eichel, die jetzt durch den Blutstau begann, lila anzulaufen.

Kaum war der Eichelring mit Loch-Blocker gesetzt, hatte Wolfgang auch schon ein Klebepad von 80 x 30 mm in der Hand, das er nun längs auf unteren Teil des prall gefüllten Hodensacks in Richtung Arschloch klebte. Eingeweihte werden wissen, was jetzt kommt: Ein Reizstromanwendung mit dem Klebepad als einem Pol und dem Eichelring als anderen Pol sollte folgen. Während Wolfgang noch dabei war, die Pole zu verkabeln, näherten sich die beiden Boys mit ihren „aufgespießten" Schwänzen durch die Reizstrombehandlung unabwendbar ihrer ersten, elektrisch verursachten Schleimabgabe. Das Stöhnen der drei

behandelten Kerle wurde immer
intensiver.

Unvermittelt brüllte nun der Boy auf der
rechten Seite los, als es ihm kam,
mehrere heftige Schübe von dicken
Boyschleim drückten sich an dem
Metallkatheter vorbei ins freie und
wurden durch den Vakuumzylinder
aufgefangen. Der Vakuumzylinder und
damit auch der Metallkatheter wurden
von dem jetzt etwas erschlafften
Schwanz abgezogen. An seinem
Gesicht konnte man erkennen, dass er
jetzt fix und fertig war und am liebsten
schnell abgehauen wäre. Dies ging ja
leider nicht, da Schwanz und Eier noch
in dem automatisch verschlossenen
Cockring festhingen und er darauf
angewiesen war, dass man ihn befreite.
Aber Wolfgang wollte jetzt aufs Ganze
gehen. Er verließ das Playmobil, ging
nach draußen auf die rechte Seite, zog

dem Boy die Hose sowie den Slip runter bis auf die Knöchel und fingerte am Arsch des überraschten Boys. Er fettete die Boyfotze ordentlich ein und fingerte nach und nach, bis drei Finger im Boy verschwunden waren. Als er dabei mehrfach heftig über die Prostata des Boys drückte, konnte dieser das nächste lüsterne Stöhnen nicht vermeiden. Wolfgang machte sich den Boy richtig bereit, um ihm einen Fick zu verpassen. Schnell hatte er sich ein Kondom auf seinen vollständig ausgefahrenen Lustprügel gezogen und drang in den jetzt etwas wimmernden Boy ein.

Nachdem seine fette Eichel mit dem Prinz-Albert-Ring das erste Mal in dem Boy verschwunden war, legte er eine Pause ein, damit sich der Boy etwas an dieses „ausgefüllte" Gefühl gewöhnen konnte. Danach fickte er den Boy in langsamen, aber sehr tiefen Zügen. Obwohl er erst gerade elektrisch entsaftet wurde, regt sich der Schwanz des Boys auch wieder und wuchs erneut zu voller Größe. Eine erneute elektrische Entsaftung wollte man ihm nicht zumuten, denn ein wenig Spaß sollte der Boy auch haben. Er konnte sehen, wie sich Karl-Heinz im Playmobil seinem Schwanz näherte, sich etwas bückte und begann, ihm einen Blow-Job zu verpassen, wie er ihn noch selten erlebt hatte. Wie musste sich der Boy jetzt fühlen? Im Arsch einen Schwanz, den eigenen Schwanz in einem Technik-Glory-Hole gefangen und dabei noch einen geblasen zu bekommen.

Der zweite gefangene und mit Reizstrom verwöhnte Boy kam nunmehr langsam zum Höhepunkt. Auch bei ihm brachte der ständige Wechsel der Stromstärke und der Frequenz einen sowie er später berichtete, noch nicht erlebten Abschuss seines Boyschleims. Die Zuckungen, die er jetzt vollbrachte wollten einfach nicht enden und das, obwohl er ja vorher schon einmal durch die Melkmaschine entsaftet worden war.

Wolfgang fickte den Boy unerbittlich. Er merkte schon bald, dass der Schließmuskel des Boys gut eingeritten war, trotzdem spürte er genügend Widerstand, um selbst auch etwas Spaß zu haben. Das anfängliche Wimmern des Boys war in lustvolles Stöhnen übergegangen, wurde er doch an seinem besten (gefangenen) Stück oral von Karl-Heinz bedient. Der Lautstärke des Stöhnens zufolge musste der Prinz-Albert-Ring immer wieder an der Prostata des Boys scheuern, weil sich schon sehr schnell wieder die ersten Lusttropfen zeigten, die gierig von Karl-Heinz aufgesogen wurden.

Während sich die Atmung des Boys auf der linken Seite nach dem zweiten unfreiwilligen Abschuss langsam wieder normalisierte, schoss auch der Boy auf der rechten Seite nun das zweite Mal seinen Lustschleim ab, direkt in das Gesicht von Karl-Heinz, der sich gerade eben noch von dem Schwanz des Boys hatte zurückziehen können, um nicht die ganze Soße schlucken zu müssen.

Wolfgang und Karl-Heinz hatten ein Einsehen mit ihren „Gefangenen"; auf beiden Seiten wurden die automatischen Cockringe geöffnet und augenblicklich zogen beide Boys ihre aus-gepumpten Schwänze und Eier zurück in die Freiheit nach draußen. Wer jetzt gedacht hatte, dass die Boys Hals über Kopf das Weite suchen würden, war überrascht. Beide Boys gingen jeweils nach hinten an das Playmobil, wo Wolfgang schon auf sie wartete. Fragen über Fragen prasselten auf Wolfgang ein. So wollten die Boys u.a. wissen, was das Playmobil sonst denn noch alles an verborgenen Möglichkeiten habe, oder ob sie denn nicht einmal selbst in das Playmobil rein könnten, hatten sie doch während ihrer eigenen Entsaftungen den Vertreter festgeschnallt im Stuhl gesehen und erleben müssen, wie es ihm ergangen war.

Beide Boys waren erkennbar immer noch sehr geil, wenn auch ihre Schwänze und Eier jetzt erst einmal eine Ruhepause brauchten.

Währenddessen stöhnte der Vertreter in seiner gefesselten, obszön gespreizten Lage mal leise, mal laut vor sich hin, je nachdem, wie der Reizstrom gerade seinen Schwanz und den Mons-tersack verwöhnte. Wolfgang lud die Boys ein, sich die Behandlung des Vertreters genauer direkt im Playmobil anzusehen. Beide Boys kamen der Einladung nur zu gerne nach und alle drei betraten durch die hinteren Türen das Playmobil. Mit insgesamt 5 Personen war der Innenraum jetzt gut besetzt, viel Platz blieb nicht mehr übrig. Wolfgang bot den Boys an, ihm bei der jetzt folgenden Dehnung der Arschfotze des Vertreters zuzusehen. Er machte dieses Angebot ja nicht ohne Hintergedanken, hoffte er doch, dass sich zumindest einer der Boys wieder so aufgeilte, dass auch der bisher nicht genutzte Sling noch zum Einsatz kommen könnte. Wolfgangs Erwartungen wurden nicht enttäuscht. Während er den Vertreter langsam aber sicher immer weiter dehnte, wurden beide Boys erkennbar wieder richtig scharf und das, obwohl sie ja beide schon zweimal abgesahnt hatten.

Karl-Heinz ließ die beiden Seitenteile herab, so dass die Außenwelt im Moment nicht in das Playmobil hinein sehen konnte. Trotzdem hörte man draußen unverkennbare Laute einer mitt-leren Massenorgie: Der Vertreter stöhnte in einer Mischung aus Lust und Schmerz, an der Lautstärke seines Stöhnens konnte man den Ablauf der Reizstrombehandlung und der Dehnung seiner Arschfotze erkennen. Die Boys hatten schon wieder ihre Schwänze mehr oder weniger voll ausgefahren und wichsten sich bei der Ansicht des leidenden Vertreters gegen-seitig ihre Kolben. Karl-Heinz dirigierte einen von ihnen in Richtung Sling und brachte ihn sehr schnell dazu, es sich im Sling bequem zu machen. Ein kurzer Blick zum anderen Boy und die beiden hatten keine Mühe, den ersten Boy unverrückbar an Handgelenken und Fußgelenken im Sling fest zu zurren.

Karl-Heinz eröffnete dem überraschten Boy, dass er ihm jetzt einen Dauerkatheter legen würde, um zuerst den Urin abzulassen und danach seine Blase mit einer Salzlösung füllen würde. Der Boy wurde sichtlich nervös, dass er schon wieder etwas in seinem stramm stehenden Schwanz eingeführt bekommen sollte, aber die gesamte Nervosität brachte ja nichts, der er stramm gefesselt im Sling hing. Der Metallkatheter im Vakuumzylinder hatte einen Durch-messer von 8 mm, so dass Karl-Heinz jetzt einen Katheter in der Größe CH 24, also auch 8 mm aussuchte. Während der Metallkatheter vorhin ja nur bis ungefähr zur Prostata gereicht hatte, würde dieser Katheter jetzt durch Prostata und Blasenschliessmuskel bis in die Blase eingeführt werden.

Um dem Boy die Prozedur etwas zu erleichtern, verpasste Karl-Heinz ihm eine ordentliche Portion Poppers. Schnell spritzte er noch etwas Gleitgel in den Piss-Schlitz und die Harnröhre und schon ging es los. Zentimeter um Zentimeter wurde der Katheter nun in den Schwanz eingeführt, was von heftigem Stöhnen des Boys kommentiert wurde. Karl-Heinz bemerkte nun einen kleinen Widerstand, die Katheterspitze musste am Blasenschliessmuskel angekommen sein; er erhöhte den Druck etwas und schon flutschte der Katheter ganz in den Boy rein. Nur das Ende mit dem Ablauf und dem kleinen Zugang zum Blocken des Katheters schaute noch aus dem Schwanz raus. Karl-Heinz musste sich beeilen, damit er den nun augenblicklich fließenden Urin in einem Gefäß auffangen konnte. Nachdem der Urinfluß versiegt war, verstöpselte er

den Katheter und blockte ihn, in dem er
den der Spitze nunmehr in der Blase
liegenden Ballon mit einer kleinen
Menge Wasser aufpumpte. Er zog den
Katheter soweit zurück, dass der jetzt
aufgeblähte Ballon direkt von innen am
Blasenschliessmuskel anlag und damit
keine Flüssigkeit mehr nach außen
treten konnte.

Schnell war ein halber Liter
Salinelösung geholt und an den Zufluss
des Katheters angeschlossen. Das
Stöhnen des Boys wurde lauter und
lauter, je mehr von der Flüssigkeit in
seine Blase einlief. Aber Karl-Heinz war
unerbittlich. Der erste halbe Liter war
kaum im Boy verschwunden, als er die
nächste Halb-Liter-Flasche anschloss.
Beim genauen Hinsehen konnte man
schon eine leichte Wölbung am
Unterbauch des Boys erkennen, wo sich
jetzt die Blase mehr und mehr

ausdehnte. Auch die zweite Flasche war fast vollständig in den Boy gefüllt, als dieser unmissverständlich bedeutete, dass nun nicht mehr reinpassen würde. Karl-Heinz trennte die Flasche vom Katheter und verstöpselte diesen, damit vorerst nichts von der Lösung abfließen konnte. Während der ganzen Prozedur stand der andere Boy daneben, wichste seine Stange erneut zum Höchststand und verwöhnte den abgefüllten Boy, indem er dessen Brustwarzen heftig zwirbelte.

Von den beiden Boys und Karl-Heinz unbemerkt hatte Wolfgang inzwischen wieder die Seit-enteile hochgeklappt. Es kam, wie es kommen musste, weitere neugierige Kerle hatten sich dem Playmobil genähert und aufgrund der Ermunterung von Wolfgang auch ihre Schwänze und Eier in die Glory-Holes gesteckt. Wieder hatte Wolfgang leichtes Spiel gehabt, geile Ker-le zu „fangen", um sie dann abzumelken. Das sollte aber erst etwas später erfolgen, da zuerst die Insassen des Playmobils zu ihrem Recht kommen sollten. Der Vertreter wurde durch Hochregeln des Stroms jetzt innerhalb kürzester Zeit elektrisch abgemolken, Karl-Heinz schleuderte sein Sperma in hohem Bogen auf den im Sling gefangenen Boy. Der andere Boy bemühte sich zwar redlich, ein weiteres Mal abzuspritzen, aber da er ja bereits zweimal entsamt worden war, zeigte sich bei ihm im Moment kein Erfolg. Wolfgang hatte ja auch schon einmal seinen Lustschleim abgegeben; der Boy im Sling konnte nicht, da der Piss-Kanal anderweitig besetzt war.

Nachdem er ihm die Pole der Elektrostimulation abgenommen hatte, befreite Karl-Heinz den Vertreter aus seiner gespreizten Lage und half ihm beim Aufstehen aus dem Gyn-Stuhl. Schwer baumelnd hing der Sack jetzt zwischen den Beinen, der Vertreter ging jetzt extrem breitbeinig, trotz allem scheuerte sein praller Sack an beiden Oberschenkeln und verursachte schon bald wieder eine beginnende Erektion des Schwanzes. Der Vertreter suchte nun seine Sachen, die man ihm vorher abgenommen hatte, aber Wolfgang bedeutete ihm, er solle vorerst unbekleidet bleiben.

Der nicht gefangene Boy durfte nun notdürftig bekleidet das Playmobil verlassen um wieder zu seinem Wagen zu gehen. Wolfgang fragte ihn jedoch noch, was er von der soeben erlebten Aktion halten würde. Die Antwort des Boys war mehr als eindeutig: „Wann seid ihr wieder hier, gibt es evtl. einen festen Fahrplan dieses

Entsaftungsbusses?" Wolfgang und Karl-Heinz prusteten förmlich raus, hatten sich doch ihre geilen Phantasien mehr als gut umsetzen lassen und offenbar auch dankbare Mitspieler finden lassen. Wolfgang verneinte die Frage nach einem festen Fahrplan, kündigte jedoch an, dass der Bus immer mal wieder in den Abendstunden auf der A4, ggf. der A 45 zu finden sei und man dann ja sicher wieder einmal aufeinander treffen würde.

Karl-Heinz liess ein Großteil der Saline-Flüssigkeit aus der Blase des im Sling gefangenen Boys, entblockte den Katheter und zog ihn recht zügig aus dem immer noch stramm stehen-den Schwanz heraus. Der Boy verdrehte etwas die Augen, aber der Schmerz war schnell über-standen. Statt den Boy jetzt auch aus seiner Lage zu befreien, bedeutete Wolfgang dem Vertreter, den

Boy im Sling liegend noch einmal fertig zu machen. Ganz einfach war das nicht, da der Boy ja auch schon zweimal abgesahnt hatte, aber nach einigen Minuten schoss er doch noch etwas Schleim ab, erkennbar weniger als bei den ersten beiden Entsaftungen, aber drei, vier kräftige Schüsse waren doch noch zu verzeichnen. Anschließend wurde auch dieser Boy befreit und nach seinen Eindrücken zu dem soeben Erlebten befragt. Auch er uneingeschränkt begeistert und kündigte an, bei nächster Gelegenheit wieder teilnehmen zu wollen. Er bedankte sich für das Erlebte und verließ das Playmobil, um auch zu seinem Wagen zurück zu gehen.

Der Vertreter war nun mit Wolfgang und Karl-Heinz alleine im Playmobil. Nicht weniger als drei Schwänze steckten aber noch in den verschiedenen Glory-

Holes und warteten auf ihre Entsaftung. Zwei der normalen Holes wurden auf die Schnelle händisch durch Karl-Heinz und Wolfgang bedient, nach erfolgtem Abschuss zogen sich die Schwänze auch schnell zurück und man konnte sehen, wie die jeweiligen Besitzer sich entfernten.

Der letzte, noch zu melkende Schwanz steckte in der Vakuummelkmaschine. Wolfgang regel-te das Vakuum hoch und schon relativ bald vernahm man ein Stöhnen und kurze Zeit später sah man auch das Melkergebnis: Dicke weiße Flocken schlugen an die Wände des Schauglases, ein nicht endend wollender Samenausstoß zeigt sich dort. Erst langsam wurde der Schwanz ruhiger, schlaffte etwas ab, so dass sein Besitzer ihn dann aus dem Vakuumrohr ziehen konnte. Auch dieser mechanisch entsaftete Schwanzträger entfernte sich vom Playmobil.

Schnell ließ Karl-Heinz die Seitenteile herunter, damit im Moment niemand Neues seinen Fickbolzen in einem der Holes versenken konnte. Die drei im Playmobil waren vorerst auch geschafft. Das Mobil hatte seine Feuertaufe glänzend bestanden und Wolfgang und Karl-Heinz waren sehr optimistisch, auch in Zukunft geile Zuschauer für ihr Playmobil zu finden um sie dann unverhofft zum Mitmachen zu zwingen.

Der Vertreter sinnierte nach wie vor darüber, wie er seinen temporär kaum in die Hose passenden Sack und den von allen Haaren befreiten Sack und Schwanz vor seiner Frau verheimlichen sollte; leider fiel ihm nichts Vernünftiges ein. Wolfgang schlug ihm vor, sich den ehelichen Pflichten für die nächsten zwei Tage zu verweigern, danach wäre die Saline sowieso durch den Körper abgebaut und was die nicht mehr vorhandenen Haare betraf, konnte man diesen Zustand durch besseres Aussehen begründen. Der Vertreter schöpfte wieder Hoffnung, dass er seine Geilheit und die damit verbundenen Erlebnisse auf diese Weise doch noch vor seiner Frau verheimlichen konnte.

Wolfgang steuerte das Playmobil wieder langsam auf die A4 in Richtung Olpe. An der nächsten Abfahrt (Engelskirchen) wechselte er die Richtungsfahrbahn, nicht ohne einmal über den Pendlerparkplatz gefahren zu sein. Wie zu erwarten war, waren dort auch einige einschlägige Aktionen im Gange, er jedoch fuhr ohne Halt weiter zurück in Richtung Köln. Schnell war die Abfahrt Refrath erreicht, ein erneuter Richtungswechsel erfolgte und schon bald konnte der Vertreter an seinem Auto auf dem Parkplatz Lustheide abgesetzt werden.

Wolfgang und Karl-Heinz fuhren dann in Bensberg endgültig von der A4 ab, um nach Hause zu fahren. Die Jungfernfahrt des Play-, Fick- und Entsaftungsmobils war mehr als erfolgreich gewesen …

WENN DAS NICHT ....

WOHIN JETZT MIT DEN GLÖCKERL?

Franz und Franziska Hintereder aus Geiselzellwied-Niedergschwendt haben es sich in der guten Stube gemütlich gemacht. In dicken selbstgestrickten Pullovern sitzen sie neben ihrem geschmückten Christbaum beim knisternden Feuer. Wie jedes Jahr feiern die beiden den Heiligen Abend in trauter Zweisamkeit. Mit beschwingter Weihnachtsmusik aus dem Radio und mehreren Gläsern Sekt haben sie sich in Festtagsstimmung gebracht.

Wir schalten uns in diese Szene ein als die beiden gerade dabei sind, ihre Geschenke auszupacken, mit denen sie sich gegenseitig ihre ewige Liebe beteuern.

„Vielen Dank, Franzl Schatzi! Das wär jetzt wirklich nicht nötig gwesen!"

„Doch, freilich! Du bist's mir halt wert, Franziska!"

„Das is lieb von dir. Aber jetzt pack doch bitte auch endlich amal dei Gschenk aus."

„Das is ja ganz schön groß."

„I bin schon so gspannt, ob's dir gfällt!"

„Da bin i mir jetzt schoo sicher! Du hast ja einen so ausserordentlich guten Gschmack!"

„Jetzt mach halt schon auf!"

„I z'reiss' s'Papier einfach, ja?"

„Freilich. Wart, i helf dir mit dem Deckl. Da muss man da und da drüben den kleinen Verschluss aufmachen."

„Na, sag amal, ist es das was i denk …?"

„Woher soll denn i wissen was du denkst dass es is?"

„Du machst es ja ganz schön spannend."

„Hihi i bin selber so aufgregt!"

„Ja … ja … mei Spatzl …. ja …. was hast du dir dabei bloß gedacht?"

„Is's s'Richtige? I war mir nicht ganz sicher wegen dem Modell …"

„Ja, ja, es is super!"

„Ehrlich?"

„Ja … i bin ganz sprachlos …"

„Du weisst ja nicht, wie oft i in dem Gschäft zur Beratung war. I hab mich ja so lang nicht entscheiden können!"

„Und i hab davon gar nix mitkriegt!"

„Der Verkäufer war recht nett. Aber i glaub i hab ihn ganz schön gnervt!"

„Naja, aber das is ja auch bestimmt ganz schön teuer gwesen! Du sollst doch nicht so viel Geld für mi ausgebn."

„Aaaa, Schatzi, für dich tu i das doch gern!"

„I nehm sie mal raus da, gell?"

„Wart, i helf dir. Die is schon nicht so leicht."

„Schee. Wirklich schee. Und so zierlich! Also … also das is ja ein ganz ein hübsches Exemplar!"

„Meinst'd das im Ernst?"

„Mei voller Ernst."

„I hab extra das bisserl teurigere Modell gnommen, schlank, aber mit am gscheidn Busn."

„Ja, der Busn is super!"

„Es hätt auch noch größere ,geben, aber die da warn im Angebot."

„Der is perfekt. Größer muss er wirklich nicht sein. Schau mal, wie der absteht!"

„Jetzt mach doch amal die Schleiferl ab, dann kannst'd's noch besser anschaun."

„Also, das is nicht so leicht … der Knoten sitzt da unten direkt in der Brustfalte … kannst'd mal helfen und den Busn hochhebn?"

„So? Geht's aso?"

„Hmm, das geht nicht. Hast du da so einen festen Knoten gmacht? I krieg den gar nicht auf."

„Lass mi mal probiern."

„Sonst hol i die Schere …"

„Gschafft! Du mit deine dicken Bratzn …"

„Für die Feinmotorik hab i ja dich!"

„Wenn du mich nicht hättst …“

„Die stehgand auch schön ab wenn die nicht abgbunden sind, de Busn. Schau. Und alles echt? Das is beeindrucknd.“

„Ja, die is noch ganz a junge. Ein bisserl drauf klopfn und mit der flaschen Hand schlagn, hat der Verkäufer gsagt, das is gut für d’Durchblutung wenn’s so lang abgbunden warn.“

„So?“

„Ja i glaub scho …“

„Die Brustwarzn auch?“

„Wenn’sd meinst …“

„Aha, da reagiert die schon drauf. Is das nicht zu fest so, oder? Naa das muss die schon aushaltn.“

„Also der Verkäufer hat gsagt, dass sie schon recht viel aushaltn kann. Und dass sie nicht so empfindlich is dass man da recht zimperlich sein müsst. Drauf gibt’s sogar a Garantie.“

„Ehrlich?“

„Ja. I hab d’Rechnung aufghobn. Aber umtauschen kemma’s bloß, wenn wir sie ohne Gebrauchsspurn zruckgebn.“

„Naaa, das passt schon. Die is fantastisch, mein Spatzl. Hast du sehr gut ausgsucht!“

„Freut mi so, dass sie dir gfällt!“

„Das tut sie.“

„Die Haarfarb is auch gut so?“

„Da hab i jetzt nu gar nicht so drauf gschaut … aber ja, i mag die Farb …“

„Typisch! Hauptsache a paar pralle Brüste, die Haarfarb is da egal!“

„Aber du liebst mi so wie i bin, mein Spatzl!“

„Natürlich, mein Schatzi!“

„Was hat die da um den Hals?“

„I denk, das is die Gebrauchsanleitung.“

„Schau ma mal. Hmmm, naa, das is nur der Quickstart Geid.“

„Oh ja stimmt. Der Verkäufer hat gsagt, die ausführliche Gebrauchsanleitung is auf einem USB-Stick. Der ist zusammen mit dem Schlüssel für die Handschellen in ihrer Muschi versteckt.“

„In der Muschi?“

„Hat er gsagt.“

„Gut, da schau i später nach. Der Quickstart Geid is ja auch schon amal gut.“

„Was steht denn da drin? I hab mir das noch gar nicht angschaut.“

„Gratulation zum Kauf … Haftungsaussschluss … Maßnahmen zur Problemlösung … Erste Inbetriebnahme …“

„Muss man da was Bestimmtes beachten? Der Verkäufer hat gmeint, die is schon ganz gut ausgebildet und gehorcht aufs Wort.“

„Ja, das steht da auch drin.“

„Sind das da die Basiskommandos?“

„Schaut so aus. Probier ma's mal. Nadu!“

„Oh schau, die reagiert ja wirklich sofort.“

„Tiptoe!“

„Wie gut die balanciert!“

„Hübsche Haxn.“

„Zellulitis hat die keine. Da hab i extra drauf gschaut."

„Nadu! Tiptoe! Nadu!"

„I seh schon, das is s'richtige Spielzeug für di!"

„Da is auch noch a Gutschein dabei … für a Tattoo und a Piercing …"

„Ach ja, der Verkäufer hat mich gfragt, ob i's Gschenk personalisieren will. Aber dann hätte i's nicht mehr umtauschn können."

„Gut, das mach i dann nächste Woche."

„Der Verkäufer hat auch gmeint, die meisten wollen die Brustwarzn piercen lassen, weil man da dann leichter was ranhängen kann. A Gwicht, oder Glöckerl oder so."

„Glöckerl?"

„Was weiss i … und der Kitzler wird auch oft gepierct. Das tut halt recht weh, wenn man da was dran hängt!"

„Zum Anleinen wär das schon gut."

„Stimmt, der Verkäufer hat mich sogar gfragt, ob i eine Leine will. Aber i hab ihm gsagt, das Zubehör besorgst du dir selber."

„Zubehör is sonst nix dabei?"

„Nicht viel. Die Handschelln sind standardmäßig dabei. Und in der Kiste müsste noch a Peitsche sein und a paar Seile."

„Da brauch i schon noch ein paar Sachen mehr.“

„Ja, freilich. Aber ich wollte jetzt auch nicht alles auf einmal kaufen. Und zum Geburtstag will i dir ja auch noch was schenkn!“

„Am besten machen wir in den nächsten Tagen mal a Liste.“

„Hast recht, a bisserl was hätt i dir schon noch dazu kaufen sollen. Wenigstens was zum Reinstecken, an Dildo oder so! Der Verkäufer hat mich noch drauf hingwiesen, und dann hab i's doch vergessen. I Drudschal i!“

„Ja, was zum Reinsteckn wenn sie grad nicht benutzt wird, wär nicht schlecht gwesen. Aber jetzt denk dir nix. Da find i schon noch was.“

„Tut mir Leid, Schatzi …"

„Naaa, muss es nicht! Schau mal, die Sektflasche da tut's ja auch. Die geht auch schön tief rein wenn i sie draufsetz und a bisserl drück."

„Hm, ja scho …"

„Und a Karotte oder Banane kann i ihr ja auch in den Hals schieben. Da hat die genauso ihre Gaudi damit."

„Du hast ja recht. Und Kerzn hamma auch gnug, auch ganz dicke."

„Na wunderbar! Das reicht doch die Feiertag über. Und nächste Woch geh i dann einkaufn. Da gibt's vielleicht auch nach Weihnachten noch a paar schöne Angebote. Vielleicht haben die so ein Set …"

„Schau mal auf die Internetseite von dem Gschäft. Da gibt's a paar pdfs mit Anleitungen."

„Wirklich?"

„Ja! Der Verkäufer hat's mir noch gezeigt. So was wie ‚Erniedrigender Sport und schmerzhaftes Training,' ‚Foltern mit Küchenutensilien,' ‚Lust und Leid für den Heimwerker,' … da gibt's jede Menge Infos."

„Na i seh schon, da hab i die Weihnachtsfeiertag über ganz schön was zu tun!"

„Du, das mit dem Sport musst du schon ernst nehmen. Diese Dinger setzen so schnell Fett an. Im Nu sind da a paar unschöne Pölsterchen dran …"

„Da müssen wir schon drauf schaun, dass sie nicht so gwampert wird. Oje, das wird anstrengend. I und Sport … Hilfst du mir vielleicht dabei? Das wär super …"

„Gern, i kenn mi aus. I schau mir jeden Morgen Gymnastik auf'm Dritten an. Da soll die dann mitmachen."

„Aber ob das reicht …"

„Und ich lass sie Zumba machen! Bis sie fix und fertig durchgenudelt ist. Das wird ein Spass."

„Klingt gut! I kann sie dann auch noch a paar Mal das Treppenhaus rauf und runter scheuchn. Am besten mit dene besagten Glöckerl an den Nippeln, damit i's hören kann, wenn sie stehen bleiben sollte."

„Wunderbare Idee, Schatzi!"

„Und i kann sie mit gfesselte Füß rauf
und runter hüpfen lassen. Weisst du,
das trainiert die Beinmuskulatur, hab ich
mal ghört, es fördert die Ausdauer …
und schön anzuschaun is es auch
noch."

„Auf was für Ideen du kommst …"

„Ja, und dann natürlich das
Positionstraining! Das is ganz wichtig,
Spatzl. Zum Beispiel in der Brücken-
Stellung wird die ein wunderbarer
Fußschemel sein. Oder i kann meinen
Maßkrug drauf stellen. Oh, und an
Spagat muss i aa mit ihr üben.
Zwischen zwei Stühle, weisst du, damit
ma glei an richtig guten Zugriff hat!"

„Du bist ja schon a richtiger Experte! Ich hoff aber, dass du bei all den Spielchen auch noch a bisserl Zeit für mi hast!"

„Aber natürlich, Spatzl! Du weisst doch, du bist das Wichtigste in meinem Leben!"

„Das is so lieb von dir, Schatzi!"

„Hat die eigentlich auch noch was zum Anziehn?"

„Zum Anziehn? Wieso jetzt? Naa, hab i jetzt nix ,kauft. Ich find, die braucht aa nix …"

„Hast eigentlich recht. I mein, aa wenn wir in'n Garten gehn, dann gehn wir bei den Temperaturen ja auch nicht so lang mit ihr raus. A bisserl Schnee hält die schon aus."

„Ja, das muss die eigentlich schon aushaltn. Und i find, wir sollten die auch nicht verziehn. Des geht so schnell wenn man nicht aufpasst. Die gewöhnen sich dann ruckzuck an zu viel Komfort. Am End hamma dann so a gschnappade Britschn rumflackn. Das will ich nicht."

„Naaa, das wolln wir nicht."

„Und nochwas, Schatzi …"

„Was denn, Spatzl?"

„Wenn du die grad nicht brauchst, kann i die dann aa hin und wieder mal benutzen?"

„Aber freilich. Für was brauchst's denn?"

„Naja, die kann sich ja schon im Haushalt aa a bisserl nützlich machen. Wenigstens putzen.“

„Aber natürlich, Spatzl! I möcht dass du sie auch genießt. Bloß für mi zum schnaggsln war die ja schon zu teuer. Lass di auch ruhig mal richtig schön von ihr lutschn, wann immer du grad Lust drauf hast.“

„Oh ja, das mach i gern.“

„Weisst'd was, heut machen wir uns einen gmütlichen Abend vor dem Fernseher. Dann können wir sie gleich amal ausprobiern.“

„Aber du zuerst! Die soll dir gleich mal so richtig schön einen blasen!“

„Ich hab ghört, dass diese Dirdln da unglaublich gut drin sein sollen. I bin eh schon ganz gamsig.“

„Das hat der Verkäufer in dem Gschäft auch gsagt. Aber er hat auch gmeint, dass wir ihr nichts durchgehen lassen sollen und sie immer gleich gnadenlos bestrafen sollen, wenn sie nicht gut genug is. Nur so kann das hohe Niveau gehalten werden.“

„Das klingt logisch. Ich bin echt mal gspannt, was meine Spezl dazu sagen werden.“

„Die sind sicher richtig neidisch.“

„Bestimmt. Keiner von denen hat so eine liebe Frau wie i!“

„Du Charmeur!“

„I sag nur die Wahrheit und nichts als die Wahrheit. Der Herrgott ist mein Zeuge!"

„Schon gut. Vielleicht sollten deine Spezl alle Silvester bei uns feiern? Dann kannst du ihnen dein neues Spielzeug gleich ausgiebig vorführen."

„Ja, da fallen uns bestimmt a paar schöne Spiele ein. Bleigießen zum Beispiel, ohne Wasser. Haha, und stell dir vor, wenn wir Fondue essen, was man da mit diesen langen Gabeln alles anstellen kann!"

„Ich seh euch Kindsköpf schon vor mir. In den Popo stechen und schaun, wie man damit ihren Busn am schönsten zum Springen bringen kann!"

„Du lachst, aber das sind hochwissenschaftliche Experimente!"

„I wusst immer schon, dass i einen zweiten Einstein gheirat' hab."

„Und i hab die liebevollste und hübscheste Frau des Universums gheiratet!"

„Ich liebe dich!"

„Ich liebe dich auch! So, und jetzt muss i mal diese Gebrauchsanleitung suchen ..."

BDSM – DAS ZIEL IST DER WEG

Zufrieden trat ich aus der Tür und ging schnellen Schrittes zu meinem unauffällig in der Nähe geparkten Auto. Gerade erst hatte ich eine meiner schon unzähligen Sessions mit Lady Leia. Es war für mich schon selbstverständlich geworden, regelmäßig eine BDSM-Sesssion zu buchen und mich meiner

Lust, ja meinen Bedürfnissen zu stellen und diese damit auch zu befriedigen. Lange schon bereute ich, dass ich dieser Lust erst spät, mit über 30ig, ja fast 40 Jahren, nachgegeben hatte.

Aber den Fehler hatte ich nun schon zum zweiten Mal begangen. Wenn ich zurückblicke, dann war mein erster Fehler, dass ich erst mit Ende Zwanzig den Mut aufbrachte, einen Swinger-Club zu besuchen.

Ich besuchte zwar schon früher Huren, aber ich merkte, dass es mir nur wenig Befriedigung brachte. Auf Grund der Preise waren die Besuche meist kurz und das alleinige Ficken brachte mir nicht die erhoffte Befriedigung. Aber durch diese Besuche war es für mich schon selbstverständlich, meinem Körper mehr Aufmerksamkeit zu schenken, was auch heißt, Sack und

Schwanz komplett zu rasieren und auch regelmäßig zur Pediküre zu gehen.

Durch das Stöbern im Internet fand ein Swinger-Club in einer Nachbarstadt meine Aufmerksamkeit. Irgendwann erreichte meine innere Geilheit einen Punkt, an dem ich mich entschied – jetzt oder nie. Der erste Besuch war ein Schlüsselerlebnis für mich.

Schon nach kurzer Zeit fühlte ich mich „Zuhause". Mir wurde klar, welche Befriedigung es mir verschaffte, einmal mich völlig nackt — auch mit einer Latte — natürlich unter den anderen BesucherInnen zu bewegen, anderen beim Sex live zuzuschauen und — ja — von anderen selbst gemustert und beim Ficken beobachtet zu werden.

Das besondere war der gegenüber den Huren fehlende Zeitdruck und dass sich zeigte, dass jederzeit alles möglich ist. Erfrischend fand ich auch die Ehrlichkeit – alle waren hier wegen dem Einen – Sex. Wenn jemand jemand ficken will oder auch nur einem die Eier, einer die Möse, die Titten abgreifen – einfach fragen, kein rum geschwurbel.

Ich besuchte den Swinger-Club nun mehrmals im Monat. Die von Geilheit aufgeladene Atmosphäre trieb einem zu Höchstleistungen. Kein Porno kann so gut sein, wie die Beobachtung eines Live-Ficks. Ganz zu schweigen von Gangbang-Elementen, wenn man nahtlos den Fick des Vorgängers fortsetzt und nach dem Abspritzen durch den nächsten Schwanz abgelöst wird oder bei komplizierteren Stellungen Hilfe von Anwesenden erfährt.

Zwei Erlebnisse beeindruckten mich besonders. Einmal war ich wieder vormittags zu Gast. Das hat den Vorteil, dass es nicht so voll war und man die Chance hatte, sich mit einzelnen Damen oder Paaren intensiver zu vergnügen. Diesmal war der Club sehr leer.

Ich vergnügte mich gerade mit einer Fick-Partnerin auf einer Fickmatte im Doggystyle und wir waren alleine im Raum, da kam die Club-Chefin (wie meist in Erotik-Wäsche, wenn sie nicht gerade selbst nackt war und mitmischte) in den Raum und fragte uns kurz, ob wir etwas dagegen hätten, dass sie einem interessierten Pärchen den Club zeigt. Wir verneinten keuchend. Ich wunderte mich nur kurz, was die Frage sollte. Da hörte ich so nebenher, wie sie den Vorraum zeigte und erläuterte.

Dann kam sie mit dem Pärchen, welches aber noch komplett mit Straßenkleidung (es war Winter) angezogen war, in unseren Raum. Wir näherten uns dem Höhepunkt und ich merkte, wie mich die Beobachtung durch das Pärchen zusätzlich aufgeilte. Ich zog meinen steifen Schwanz aus der Fotze meiner Fick-Partnerin und deutete ihr einen Stellungswechsel an, den sie gerne vollzog. Ich präsentierte meinen steifen Schwanz und meine Eier bewußt so gut es ging. Wir legten uns seitlich, ich hinter sie, hob ihr Bein an und schob meinen Schwanz mit ihrer Unterstützung wieder in ihre Fotze und wir setzen unseren Fick unter der Beobachtung der Gäste fort.

Bald kam meine Fick-Partnerin und ich fast gleichzeitig, dass Pärchen grinste und ging mit der Club-Chefin in den nächsten Raum. Ich lag noch mit meinem Fick etwas auf der Matte. Die besondere Situation hatte mir und wohl auch meiner Fickerin — wie ich feststellte — noch einen zusätzlichen Schub gegeben. Eine Steigerung wäre aus meiner Sicht noch möglich gewesen — wenn das Pärchen sich sofort ausgezogen hätte, um sich zu beteiligen. Ich will nicht leugnen, dass das letzte Szenario, welches leider nicht eintrat — auch jetzt noch Teil meiner geilen Phantasien ist und noch immer oft genug meinen Schwanz zum abspritzen bringt.

Aber schon bei einem der nachfolgenden Besuche kam es zu dem nächsten „formenden" Erlebnis. Mit einer der anwesenden Damen, Anfang Zwanzig, kam ich nach einem intensiveren Fick in ein längeres Gespräch. Wir saßen noch nackt auf einem Podest und sie erzählte irgendwann, dass sie sich auch für BDSM interessiert und gerade auch für CBT und derzeit übt, wie man die Eier abbindet. Ob ich nicht Lust hätte als Trainings-Objekt zu dienen? Ich überlegte nicht lange. Ich trug ab und zu schon Sackringe und einen kleinen Ledergurt und wusste, dass es mir gefiel.

Wir gingen in einen größeren Raum, welcher auch SM-Utensilien enthielt. Sie gab die Anweisungen, wie ich mich zuerst legen und später stellen sollte. Sie holte ein dünneres Seil und begann meinen Sack zu bearbeiten und zu dehnen. Ich spürte zwar auch ab und zu einen Schmerz, aber die Geilheit überwog. Man merkte durchaus auch noch ihre Unsicherheit, aber sie machte es schon sehr gut. Nachdem sie den Sack gelockert hatte und ich mich aufstellte, begann sie meine Eier abzubinden.

Obwohl wir gerade erst gefickt hatten,
war mein Schwanz schon wieder steif.
Sie begann die Eier und den Schwanz
auch immer bestimmter zu bearbeiten.
Dann griff sie meinen abgebundenen
Sack und zog mich hinter ihr her zum
Andreas-Kreuz an der Wand. Dort
musste ich mich in X-Form aufstellen
und sie band meine Arme am Kreuz
fest.

Mittlerweile hatten wir zahlreiche
Zuschauer. Ich stellte – eigentlich nicht
sehr überrascht – fest, wie mich die
Zuschauer (und deren Bemerkungen)
und das Hantieren an meinem Sack
zusätzlich aufgeilte. Ohne dass ich es
bemerkte, hatte meine „Herrin" eine
brennende Kerze in der Hand und lies
Wachstropfen auf meinen Schwanz
tropfen. Dieser wippte im Rhythmus der
fallenden Tropfen mit, der heiße Wachs
war aber alles andere als unangenehm.

Zwischendurch bearbeitet sie mit (sehr) leichten Schlägen einer Reitgerte neben meinen Oberschenkeln auch meinen Sack und den Schwanz.

Dann plötzlich begann sie heftig meinen Schwanz zu wichsen. Meine Begeisterung hielt sich erst in Grenzen, weil ich zum Ficken, nicht zum Wichsen in den Club gekommen bin. Aber ich konnte mich der Geilheit nicht entziehen und bald spritzte mein Schwanz eine große Ladung Fick-Sahne weit in den Raum. Den Zuschauern schien es zu gefallen. Einige der anwesenden Damen liesen es sich nicht nehmen, meinen Sack aufzulockern, nachdem er von dem Seil befreit war und einige der Herren boten sich meiner „Herrin" auch als Trainings-Objekt an, um Eier und Schwanz abgebunden und gemolken zu bekommen.

Dieses Erlebnis war für mich auf jeden Fall die Initialzündung zur Entdeckung der Welt des BDSM, welche mich letztlich zu Lady Leia führte.

Die gelungene Einführung in die Welt des BDSM entfachte letztlich ein Feuer besonderer Geilheit in mir. Ich verstand, welche Befriedigung mir das Erlebte verschafft hatte. Beim wichsen liefen bei mir nicht mehr vordergründig reinen Fickszenen in meinem Kopfkino ab, sondern vermehrt SM-Szenen, in welchen ich oft einen passiven Part einnahm und in denen mein Body, insbesondere Schwanz und Sack, verschiedenen Untersuchungen und Behandlungen unterzogen wurde.

Schnell versuchte ich mich selbst am Abbinden meiner Eier. Aber das stellte mich nicht wie gewünscht zufrieden. Ich suchte in einschlägigen Foren

Vorschlägen und Erfahrungen bzgl. diverser Tools. Als eines der ersten kaufte ich einen sogenannten Hunnengurt. Allein das erste Anlegen gestaltete sich etwas kompliziert, weil ich in erwartungsvoller Vorfreude schon stark erregt war und die prallen Eier und den Verschluss um den Schwanzansatz kaum zu bändigen waren.

Das Besondere am Hunnengurt ist nicht nur das Vorhandensein zweier Lederringe, von welchen einer eng um den Schwanzansatz, der andere Eng um den Sack oberhalb der Eier angelegt wird, sondern ein zusätzlicher Steg, welcher die Eier kraftvoll teilt und diese besonders hervorhebt. Es fiel mir schwer die diversen Empfehlungen, welche vor einer zu langen Tragezeit warnten, nicht einfach zu ignorieren. Da ich den Hunnengut aber gerne besonders eng trug, nahm ich ihn meist nach 20-30 min wieder ab oder lockerte ihn zumindest.

Hatte ich auch vorher mehr oder weniger oft online vor der Web-CAM gewichst, machte es mir mit dem Utensil noch wesentlich mehr Spaß. Schon alleine das Anlegen vor der CAM verschaffte mir ein gewisses Maß an Befriedigung wie auch die wachsende Zahl der Zuschauer und Kommentare, auch wenn es meist andere Wichser, oft GAYs, waren und sich Frauen oder Pärchen nur selten (zu selten) dazu schalteten.

Es war nicht mehr zu leugnen, dass CBT (Cock- und Ball-Torture) ein wesentlicher Bestandteil meines SM-Profils ein würde. Zu gerne erinnerte ich mich an meine Vorführung, in welcher die Eier fest umgriffen und mein Sack gedehnt wurde. Von daher experimentierte ich auch mit gefüllten Wasserflaschen, welche ich mit einem Band an meinem Sack befestigte und diese dann breitbeinig stehend langsam schwingen lies.

Als Ergänzung schafte ich mir diverse Ringe aus Gummi und Leder an, um den Sack weiter zu dehnen. Mit den Wasserflaschen war es das Eine. Aber es war nun wirklich nicht gut möglich, auch wenn es in der Wohnung war, mit den Flaschen mit einem Gewicht am Anfang meiner „Karriere" von immerhin schon 1-2 Kg herumzulaufen. Die in den meisten Shops angebotenen Sackgewichte, welche in mehrere Teile zerlegt und mittels Inbusschrauben verschraubt und angelegt werden, kamen für mich nicht wirklich in Frage, da das Anlegen wie auch das Ablegen durch die Verschraubung relativ aufwändig ist und auch Verletzungen am Sack nicht auszuschließen waren.

Nach intensiver Suche fand ich dann Gewichte, deren Teile durch starke Magnete zusammengehalten werden. Das erschien praktisch und ich bestellte mir mehrere Varianten. Schnell erzielte ich „Erfolge". Ich konnte das Gewicht am Sack und die Tragezeit beständig erhöhen. Das gab mir oberflächlich die ersehnte Befriedigung. Parallel durchforstete ich das Internet nach diversen SM-Pornos, um mir einmal weitere Ideen zu holen aber natürlich auch zur weiteren Befriedigung.

Zunehmend fehlte mir aber die Interaktion, wie ich sie bei meiner SM-Einführung im Swingerclub kennengelernt hatte. Ich hoffte auch bei weiteren Besuchen meine damalige Partnerin wiederzutreffen oder jemand vergleichbares – leider vergeblich. Und von den anwesenden Damen fanden zwar manche meinen Hunnengurt interessant – aber anderes als „normale" Fickerei ergab sich leider nicht.

Meine Suche im Internet und auch das Studieren der verschiedenen Foren führten mich letztlich zu den Seiten verschiedener SM-Studios. Mein Interesse war schnell geweckt, aber das zuvorderst oberflächliche Bild einer Domina mit einem Sklaven und die vordergründigen Fetische wie dem Auspeitschen, Füße küssen und vieles mehr sprach mich nicht sonderlich an. Ich sah mich zwar primär als passiver Part – aber nicht als Sklave. Und eine klassische Domina ist nicht berührbar.

Ich stolperte dann über die sogenannten Bizarrladys. Das schien genau das zu sein, was ich im Innersten suchte. Diese bieten aktive wie passive Leistungen an und sind berührbar, viele ficken auch. Je mehr ich mich damit beschäftigte, umso sicherer war ich mir, dass ich die Dienste einer der Damen in Anspruch nehmen möchte. Nun die Qual der Wahl – welche Studios gab es in der Nähe und welche Damen waren dort tätig?

Nach langer Suche und mehreren feuchten Träumen entschied ich mich Kontakt zur Bizarrlady Leia aufzunehmen. Aus den diversen Foren war mir schon bekannt, dass es von Vorteil ist, einen entsprechenden Fragebogen auszufüllen, damit die Lady weiß, auf welche Praktiken man steht und – noch wichtiger – welche man auf jeden Fall ablehnt.

Gut fand ich auch, dass zu Beginn nach gesundheitlichen Einschränkungen gefragt wurde – welche ich aber glücklicherweise nicht habe. Die abgefragten Praktiken konnte man mit „Ja“, „Nein“, „Vielleicht“ und „Würde ich gern testen“ beantworten.

Bei Masken aus Gummi/Leder/Stoff konnte ich ohne Frage ein „Ja“ angeben, ebenso die nach einem Brustharness aus Leder oder Gummi. Für den Knebel gab es ein klares „Nein“, ebenso wie für Strapse … Alle Punkte zu CBT ergab ein klares „Ja“, bis auf die Nutzung von Spikes. Und Strom fand ich schon immer interessant – dass würde ich gerne testen. Verschiedene Fixierungen, wie am Andreaskreuz, am Pranger, am Bock oder Gynstuhl ergab auch ein klares „Ja“. Die Frage nach meiner Rolle in der Session beantwortete ich einmal als Anfänger – der ich ja nun war -, und sah mich ansonsten eher als bizarrer Genießer und devotes Lustobjekt. Rollenspiele mit der Thematik „Vorführungen", „Patient", „Verhör", „Lustsklave" etc. konnte ich mir gut vorstellen. Als Vorlieben nannte ich Sackdehnung, am Pranger stehen, Vorführungen (Präsentation vor mehreren Damen), Wichsen nach Anweisungen, Zwangsentsamungen etc.

Ich schrieb eine entsprechende Mail mit einem Terminvorschlag (schon in zwei Tagen) und im Anhang der Fragebogen und natürlich der Frage nach dem Tribut. Schon zwei Stunden später kam die Terminbestätigung mit der Bitte, den Termin telefonisch vorab nochmals zu bestätigen und dem Hinweis, dass die Frage nach dem Tribut nur telefonisch beantwortet würde.

Meine Aufregung wuchs natürlich. Die Zeit bis dahin würde ich nutzen, Sack und Schwanz mehrfach zu rasieren und mit Haarentferner zu behandeln, um alles auch wirklich absolut haarlos präsentieren zu können. Ich bereitete meine Tools und das entsprechende Outfit vor und überlegte mir, wann was wie zum Einsatz kommen könnte. Und – natürlich – ohne mehrfaches Wichsen lies sich der Zeitraum auch nicht überbrücken. Da war einmal meine extrem steigende Geilheit auf Grund der Vorfreude, zum anderen hatte ich aber Sorge, dass ich gleich zu Beginn der Session ungewollte abspritzen würde. Das wollte ich vorerst auf jeden Fall vermeiden.

Einige Stunden vor dem Termin rief ich bei der angegebenen Nummer an, um den Termin zu bestätigen. Nach kurzem Klingeln hörte ich am Ende ein „Ja". „Ich möchte meinen Termin mit Leia 16 Uhr bestätigen" sagte ich möglichst ruhig.

„Danke für Deinen Rückruf.“ Sagte sie mit einer sehr ansprechenden Stimme, welche auch gut zu ihren Fotos im Internet und meinen Vorstellungen passte. „Die Stunde kostet 240 Euro. Ist das ok für Dich?“. Ich bestätigte, da es meinen Erwartungen entsprach. Ich duschte, rasierte und wichste mich ein letztes Mal, packte meine Sachen und fuhr dann rechtzeitig los, um auf jede Fall pünktlich zu sein.

Über GoogleMap hatte ich mich schon vorab über die Adresse, das Haus und Parkmöglichkeiten der näheren Umgebung informiert. Es klappte auch wunderbar, so dass ich noch einige Minuten im Auto wartete, um nicht zu zeitig da zu sein. Ich stieg aus und ging dann die ca. 100 m zu der Adresse. Natürlich war ich aufgeregt und irgendwie dachte ich bei allen Fußgängern, dass diese mich anschauten und wussten, dass ich gleich ein SM-Erlebnis haben würde.

Endlich hatte ich das Haus erreicht. Es gab nur eine Klingel, auf welcher „Studio" stand. Ich betätigte diese. Kurz darauf öffnete sich die Tür und ich schlüpfte hinein.

Hinter der Tür erwarte mich unverkennbar Leia und lächelte mich an: „Hallo Michael" und gab ein Küsschen auf jede Wange. Wir gingen in die nächste Etage in einen Empfangsraum. Der Raum war in dunklem Rot/Schwarz gehalten mit mehreren Sitzgelegenheiten ausgestattet. „Bitte setz Dich. Etwas zu trinken?". Ich bat um eine Cola und Leia verschwand kurz aus dem Raum. Ich nutzte die Zeit, um den Raum noch etwas mit den Augen zu erkunden. An den Wänden waren einige professionelle Fotos der wohl hier tätigen Damen. Leia kam schnell zurück und setzte sich zu mir.

„So, Michael, Du hattet ja schon ausführlich in der Mail über Deine Wünsche geschrieben. Du bist also das erste Mal in einem Studio?". Ich nickte. „Gesundheitliche Probleme hast Du keine?". Ich nickte. „Nun, wir werden sehen wie belastbar Du bist. Wir werden vorsichtig anfangen. Was stellst Du Dir genau für ein Rollenspiel vor?". Ich zögerte kurz: „Ich habe mich in einem SM-Pornostudio beworben und werde von dem Studio zu Dir als Ärztin für einen Check-UP geschickt." Sie nickte. „Du hast eigenes Spielzeug mitgebracht?" fragte Sie und deutete auf meine Tasche. Ich nickte. „Geht fotografieren?" fragte ich vorsichtig. „Klar. Wir machen eine Dokumentation für das Studio." lachte Leia. „Was soll ich anziehen?" fragte sie. Ich überlegte kurz – „Ich lasse mich überraschen ...". sagte ich. „Ok. Ich gehe jetzt alles vorbereiten und mich umziehen. Gleich kommt eine Kollegin zum Kassieren und sie wird Dich dann in das Bad bringen.". Leia ließ mich nun allein.

Mein Herz pochte. Ich ging in Gedanken nochmals alles durch. Da hörte ich draußen Schritte und schon öffnete sich die Tür und eine der anderen Dame kam herein. Wow. Mit engem Latex-Outfit und einfach eine geile Schönheit. Ich hatte sie vorher schon auf der Homepage gesehen. Leider war es aber eine klassische Domina, also nicht berührbar. Sie nahm von mir den vereinbarten Tribut entgegen und deutete mir an, ihr zu folgen. Wir gingen über den Gang und durch die offene Tür sah ich schon das Zimmer der „Weißen Klink" (es gibt in vielen Studios, so auch

in diesem, zusätzlich auch eine
„Schwarze Klinik").

Das Zimmer war mit allgemeinen klinischen Dingen, u.a. einer Liege, eingerichtet. Das Zentrum bildete allerdings ein weißer Gyn-Stuhl. Die Decke war verspiegelt und an einem Zimmerende war ein großer Bildschirm installiert. Es gab einen Zugang zu einem Bad. Dort konnte ich mich frisch machen und umziehen. Die andere Dame ging und ich zog mich im Bad aus und duschte mich nochmals ab. Dann zog ich meine Spezial-Shorts an, welche eine spezielle Öffnung für das Gehänge hatten und zog meine Stoffmaske über den Kopf. Die Maske hatte ich früher schon immer bei meinen Online-Aktivitäten getragen und sie gab mir ein gutes Gefühl – es war und ist wie das Umlegen eines Schalters. Ich überlegte, ob ich schon Gewichte anlegen sollte, verzichtete aber darauf – auch weil ich schon eine Latte hatte.

War mir das peinlich? Nein. Ich hatte in den einschlägigen Foren Diskussionen verfolgt, bei denen sich manche User peinlich berührt zeigten, wenn sie bereits beim Erscheinen ihrer „Herrin" mit einem Ständer bereit standen. Ich war eher zu dem Schluss gekommen, dass man – insbesondere in diesem Rahmen – seiner Geilheit freien Lauf lassen und diese auch zeigen sollte. Und natürlich auch, dass man sich auf das gemeinsame Spiel schon entsprechend freute.

Ein klopfen an der Tür schreckte mich aus meinen Gedanken auf. „Ja?" „Bist Du fertig." „Ja" antworte ich. Die Tür öffnete sich. Dort stand Leia, in einem bis oben zugeköpften weißen Kittel und offensichtlich hohen Stiefeln darunter.

Sie musterte mich und meinen prallen, steifen Schwanz.

„Komm her." sagte sie mit strenger Stimme. Ich ging auf sie zu in den Untersuchungsraum und stellte mich vor ihr auf. „Beine breit!" sagte sie in einem aufforderten Ton. Ich befolgte die Weisung sofort. Gleich griff sie an meinen Sack, umklammerte meine Eier und begann diese langsam, aber bestimmt nach unten zu ziehen. „Du willst in SM-Pornos mitspielen?". „Ja." antwortete ich. „Das Studio stellt strenge Anforderungen. Ich werde prüfen, ob Du tauglich bist. Normal ficken kann jeder Schwanz. Aber wir werden sehen, ob und wie Du für SM Spiele geeignet bist." Ich atmete schon schwer und bemühte mich trotz des Zuges an meinem Sack nicht weiter in die Knie zu gehen. Leia grinste, machte eine kurze Pause und entlastete meinen Sack, um einen

Augenblick später diesen umso kräftiger zu dehnen.

„Kommen wir zur Anamnese" – Leia fragte erst allgemeine Daten ab, wie Alter, Gewicht, Impfungen, Krankheiten etc., dann kamen Fragen zu diversen intimen Details, deren Beantwortung meine Erregung nicht gerade dämpfte, wie die Frage nach dem erster Samenerguss, dem ersten Fick, Wichshäufigkeit, Wichstechniken, Gruppenerfahrungen bzgl. des Wichsens und Fickens, Zahl der Partnerinnen und Vorlieben, wie rasierte Mösen, große oder kleine Schamlippen. Letztlich war es keine Anamnese mehr, sondern schon ein kleines Verhör. Scheinbar beiläufig beobachte Leia meine Reaktionen (besonders die meines vor Erregung wippenden Schwanzes) auf ihre Fragen.

Mein Schwanz stand wie ein Eins und war absolut prall. „So, nach den Dehnübungen kommen wir zum Maß nehmen. Breitbeinig und aufrecht hinstellen!". Sie wichste meinen Schwanz, so dass die Vorhaut mehrfach über die den Eichelkranz glitt, nahm ein Bandmaß vom Beistelltisch und nahm Maß von der Schwanzwurzel bis zur Eichelspitze. Sie nickte zufrieden. „Wenigstens 18 cm. Akzeptabel." Sie nahm noch den Schwanzumfang, den Umfang des Eichelkranzes und des prallen Sacks auf und trug die Daten in die Patientenkladde ein. Dann versuchte sie den steifen Schwanz soweit wie möglich nach unten zu drücken und beurteilte den notwendigen Kraftaufwand. „Brauchbar ..." murmelte sie. Sie dokumentierte die Messung mit mehreren Fotos meines Schwanzes aus den verschiedenen Perspektiven (seitlich, von oben, vom vorn).

„Soweit ganz gut. Wichse Deinen Schwanz." Ich tat was mir angewiesen wurde und wichste nun unter den strengen Augen von Leia, die die Fotodokumentation fortsetzte. „Hier ist ganz schön warm" warf Leia ein und knöpfte ihren Kittel auf. Unter dem Kittel kam ihr nackter Boddy und die hohen schwarzen Stiefel, deren Schaft fast die ganzen Beine bedeckten, zum Vorschein. Der Kittel bedeckte gerade noch ihre Brustwarzen, aber ihre geilen, festen Titten waren im Ansatz gut zu sehen. Meine Blicke glitten weiter nach unten über das Piercing oberhalb ihres Bauchnabels hin zu ihrer komplett rasierten Möse. Ihre rosa Fotzenlappen zogen sogleich meine Blicke an und ich wichste stärker.

„Aufhören! Deinen Saft benötige wir nachher!". Ich tat wie mir geheißen, stellte mich wieder gerade hin, verschränkte meine Arme auf dem Rücken und stand mit prallem Schwanz vor Leia, welche mit ihrer Hand mehrfach ihre Möse wichste.

„So, jetzt testen wir Deinen Sack!". Sie legte eine sogenannte Parachute an meinem Sack an und befestigte einige Gewichte. Es war ein sehr angenehmes Gefühl, wie sie an mir hantierte und die Belastung am Sack langsam aber sicher zunahm. Sie war mittlerweile bei einem Kilogramm angekommen. „Du hattest ja früher schon trainiert – das merkt man." Ich bejahte das und berichtete von meinen Übungen mit den gefüllten Wasserflaschen.

„Schwingen" forderte sie mich auf und stand dabei mit weit geöffneten Kittel und in die Hüften abgestützten Armen vor mir und präsentierte ihren Boddy. Ich begann langsam mit den Gewichten am

Sack zu schwingen. Das war natürlich eine höhere Belastung, aber für mich noch immer ein angenehmes Gefühl. Sie trug das aktuelle Gewicht wieder in die Kladde ein und fotografierte meine Aktion.

„Stopp" wies sie mich an und entfernte die Gewichte und die Paraschute von meinem Gehänge. Mein Schwanz hatte mittlerweile doch etwas an Steifheit verloren und stand gerade noch fast waagerecht. „Setzt Dich auf den Stuhl." Ich ging zu dem Gyn-Stuhl und bestieg diesen. Das war etwas völlig Neues für mich. Noch nie hatte ich so etwas benutzt. Sie griff meine Beine und legte sie auf die Schalen und positionierte diese so, dass ich weitgehend eine maximale Spreizung ergab.

Über die verspiegelte Decke war alles genau zu verfolgen. Dann fixierte sie meine Beine und Arme, griff nach einer Flasche mit Massageöl und rieb intensiv Sack und Schwanz ein und massierte im Anschluss den Sack und zog ihn mehrfach in die Länge. Ich atmete schwer und der Schwanz war natürlich schön prall und steif. Leia nahm ein Seil und begann den Sack mit mehreren Lagen streng abzubinden und so auch auf diese Art und Weise zu dehnen. Eine Hand wichste nun meinen Schwanz, die andere einem zweiten Schwanz nicht unähnlichen abgebunden Sack. Auch dieses „Ergebnis" dokumentierte Leia fotografisch.

Als sie wohl der Meinung war, dass ich wohl bald spritzen würde, brach sie ab und polierte mit einem Tuch meine prallen Eier und den prallen Schwanz. Sie griff in eine Schublade und holte mehrere Pflaster und begann je eines seitlich an jedes Ei zu kleben. Jetzt sah ich, dass es wohl Pads mit Elektroden waren. Mein strammer Sack zuckte schon bei dem Gedanken, dass er wohl bald unter Strom stehen würde.

Sie steckte die Elektroden des Gerätes in die Kontakte an den Eiern befestigten Pads und nahm das Steuergerät (ein TENS), lächelte mich an „… und jetzt werden wir sehen, was Deine Eier wirklich abkönnen …" langsam spürte ich ein Kribbeln am/im Sack. Mein ganzer Körper spannte sich vor Erwartung und Geilheit an, was auf Grund der Fixierung noch verstärkt wurde. Langsam steigerte sie die Intensität. Es war ein Kribbeln, ein Gefühl wie hunderte Ameisen am Sack. Es war einfach Geil. Leia steigerte die Intensität weiter und nickte anerkennend."Für einen nicht so geübten ist das schon sehr gut. Ich ändere jetzt das Programm." Bisher war es ein gleichmäßiges Kribbeln.

Plötzlich pulsierte es aber sehr stark auf einer deutlich geringeren Frequenz. Ich konnte mir ein leichtes Aufschreien nicht verkneifen. Es tat echt weh. Leia ging sofort mit der Intensität herunter. Es tat nicht mehr weh. Aber das Pochen war für mich sehr unangenehm. Als Ergebnis dessen war mein Schwanz schlaf.

Leia stoppte das Programm, entfernte eines der Pads vom Sack und steckte dieses an die Elektrode am Schwanz und positionierte das andere Pad direkt am Sack mittig und startete erneut mit dem ersten Programm. Ein kontinuierlicher Reiz durchströmte wieder meinen Sack und diesmal auch den Schwanz. Innerhalb kurzer Zeit war der Schwanz wieder prall und steif und meiner Körper lag vor Geilheit unruhig auf dem Gynstuhl.

Leia nickte wieder zufrieden. „Geht doch". Nach einiger Zeit – für mich noch immer viel zu kurz – entfernte sie die Elektroden und Klebepads, löste meine Fixierung und die Verschnürung an meinen Eiern und bedeutete mir, mich vor den Gynstuhl zu stellen.

Ich stieg noch etwas benommen von dem Stuhl der Geilheit. „Beine breit" herrschte sie mich wider an und griff mir fest an den Sack „für eine bessere Durchblutung" wie sie meinte und lies meine Eier rollen.

Hatte zwischenzeitlich mein Schwanz nach dem Ende der Elektro"Tourture" nochmal kurz schlapp gemacht, so stand er wieder wie eine Eins. „Hock Dich auf die Liege". Ich hockte mich auf die Liege, und zwar so, dass ich ihr nicht nur mein Hinterteil, sondern meinen gedehnten Sack mit den Eier wohl bestens präsentierte. Sie griff auch sofort nach meinem Gehänge und massierte dieses weiter und prüfte zwischendurch den Schwanz oder besser seine Steifheit. Als sie wohl zufrieden war, sollte ich mich hinlegen. Ich legte mich rücklings auf die Liege. Sie stieg jetzt ebenfalls auf die Liege, hockte sich auf meine Beine, nahm meinen Schwanz und streifte ein Kondom darüber.

Den Kittel öffnete sie weit bis nach hinten. Ihre Titten und die geile, blanke Fotze mit ihren Fotzenlappen waren nicht zu übersehen und schon noch weniger zu ignorieren. Das Latex ihrer Stiefel gab ein gutes Gefühl an meinen Schenkeln. Sie griff nach meinem Schwanz, rutschte etwas nach vorn und ehe ich mich versah nahm ihre Fotze meinen Prügel auf und sie begann mich zu reiten. Aber nicht intensiv im Sinn einer hohen Frequenz, sondern genüsslich. Das tat sie vielleicht 10, 12-mal. Dann brach sie ab. „Das würde dir so passen in meiner Fotze zu kommen" lachte sie mich an. „Das war ein Reittest für Deinen Schwanz, nichts weiter."

Ich stand noch ziemlich erregt von der Liege auf und nahm das Kondom von meinem noch prallen Schwanz ab. Da ging die Tür auf und die geile Kollegin von Leia, welche vorher abkassierte, kam herein. „Ist er soweit?" fragte sie Leia. Diese nickte. Die Kollegin musterte mich amüsiert, so wie ich da stand, mit steifem Schwanz, das abgenommene Kondom in der Hand. Schnell legte ich es bei Seite. Sie stellte sich vor mich, griff meine Eier ab und drückte meinen Schwanz maximal nach unten, um ihn dann nach oben schnellen zu lassen, was einen Klatscher auf meinem Bauch erzeugt. Sie nickte wohlwollend.

„So, Michael. Wenn Du in Pornos Erfolg haben willst, musst Du auch ordentlich abspritzen. Ich habe Dein Gehänge fast eine Stunde intensiv stimuliert. Jetzt will ich, will die Studioleitung, Ergebnisse sehen." – „Wichsen und in den Messbecher abspritzen!" kam die Anweisung. Ich stellte mich wie mittlerweile gewohnt breitbeinig vor den Damen auf und begann zu wichsen. Die Kollegin schaute skeptisch. „Haltung annehmen. Stelle Dich gefälligst gerade hin, wenn Du vor Damen wichst!". Ich drückte sofort meinen Rücken durch und erhöhte meine Wichsfrequenz.

Beide Damen schienen nun zufrieden. Leas Kollegin umrundete mich und liess es sich nicht nehmen meine Eier nochmals kurz abzugreifen. Ich keuchte immer mehr und den Damen war wohl klar, dass ich bald spritzen muss. „Hier der Becher. Und reiß Dich zusammen. ALLES in den Becher, klar?" Ich nickte keuchend. Mit geradem Rücken stehen zu bleiben fiel mir immer schwerer. Dann kam es auch schon und ich drückte die Schwanzspitze in das Messglas, welches nun mehrere Schübe meiner Geilheit aufnahm. Als ich endlich mit dem Abspritzen fertig war und das Glas wegstellen wollte, nahm Leia wieder das Glas und meinen Schwanz und melkte ihn nochmal, um auch allen Saft und die letzten Tropfen herauszuholen.

Dann schaute sie auf den Füllstand und nickte anerkennend: 6,3 ml. Das ist deutlich über dem Durchschnitt Michael. Und der Saft hat eine gute Konsistenz und farbliche Prägung. Auch die anwesende Kollegin nickte, flüsterte Leia noch etwas ins Ohr und verlies dann den Raum.

„So, Michael. Das war ja ganz zufriedenstellend. Falls Du Interesse an einem Double hat, würde meine Kollegin bei einem Deiner nächsten Besuche gerne ein Teil Deines Trainings übernehmen." Ich nickte zufrieden. Leia verstaute meine Utensilien einschließlich des Fotoapparats mit der „Dokumentation", wies auf das Bad und sagte, dass sie in einigen Minuten mich wieder abholen würde. Ich ging zufrieden (und befriedigt) unter die Dusche, zog mich schnell an, föhnte die Haare, da holte mich auch Leia schon ab. Wir gingen wieder in das Empfangszimmer. Ich konnte noch etwas trinken und Leia wollte wissen, wie es mir gefallen hat.

Ich war sehr zufrieden, was ich Leia auch deutlich machte. Das Studio hatte seinem Ruf alle Ehre gemacht. Ich deutete gegenüber Leia auch bald einen nächsten Besuch an und brach dann auf. Sie brachte mich zur Tür. Es gab den obligatorischen Umarmungen und Küsschen und ich ging beschwingten Schrittes zum Auto.

DER ZÄRTLICHE DOM

DER ÄLTERE MICHAEL FINDET IN LAILA EINE GELIEBTE.

Er saß in einem der gemütlichen Sessel seines Wohnzimmers, neben sich auf dem Beistelltisch einen Kaffee neben einem guten französischen Cognac und schaute durch das große Panoramafenster auf sein Grundstück.

Die Pflege des Gartens überließ er mittlerweile einer Gartenbaufirma, die nun dafür verantwortlich war, dass asiatische Ambiente instand zu halten — die verschiedenen Bambusarten, der japanische Ahorn, der kleine Teich, umgeben von asiatischen Skulpturen wie grazilen Tempeltänzerinnen oder dicken Buddhas, dies alles war eine Augenweide….früher von Marion geplant, von ihr geliebt und gepflegt.

Auch der Haushalt wurde mittlerweile komplett von Frau Weber geführt. Früher war sie nur stundenweise Marion zur Hand gegangen, denn Marion kümmerte sich gerne selbst um das Haus…aber das war früher.

Während Michael an Marion dachte, nahmen seine Gesichtszüge einen liebevollen und zärtlichen Ausdruck an — Gedanken an seine Frau waren ihm eine Wohltat.

Seine Frau Marion war 16 Jahre alt als er sie kennen lernte — sie war hübsch, sie war unerfahren und absolut bezaubernd. Einen Monat nach ihrem

18. Geburtstag hatten sie geheiratet und er, der fünfzehn Jahre älter war als sie, hatte stets die führende Position in ihrer Beziehung inne gehabt.

Marion hatte sich ihm untergeordnet, es war für ihn ein Leichtes gewesen, seine Frau zu führen, sie seine dominante Ader spüren zu lassen und sie schließlich zu seiner geliebten Sklavin zu machen.

Michael hatte bis zur Hochzeitsnacht nicht mit Marion geschlafen. Natürlich hatte er bereits sexuelle Erfahrungen gesammelt, bevor er Marion traf und ebenso hatte er mit verschiedenen Frauen Sex in den zwei Jahren ihrer Beziehung bis zum Tag ihrer Trauung. Sie jedoch hatte er aufgespart, bis sie endlich zu „seiner Frau" wurde.

Er war behutsam vorgegangen, sich seiner Neigungen sehr bewusst, hatte er sich genau überlegt, welche Frau zu ihm passen könnte und wie ihre Erziehung vor sich gehen sollte. Er wollte Marion nicht ängstigen — er wollte ihre Unterordnung. Michael wollte seine Frau nicht brechen, er wünschte ihre freiwillige Unterwerfung und zugleich eine selbstbewusste und stolze Partnerin an seiner Seite.

Da Michael von Hause aus vermögend war und zunächst in die florierende Firma seines Vaters einsteigen, diese schließlich später übernehmen konnte und auch Marion aus einer gut situierten Ärztefamilie stammte, hatte es ihnen nie an den nötigen finanziellen Mitteln gefehlt, um ein angenehmes Leben führen zu können. Michael konnte seine Frau stets umsorgen, verwöhnen und in seinem Sinne führen.

Der Gedanke an ihre Hochzeitsnacht ließ Michael lächeln — seine brave Marion, die ihn ergeben und auf dem Rücken liegend erwartete — viel mehr als still zu liegen konnte sie sich unter Sexualität damals nicht vorstellen. Er aber wollte mehr und mit einer Mischung aus Zärtlichkeit, Behütung und gleichzeitiger Härte war es ihm schließlich gelungen, aus seiner Ehefrau seine „Traumsklavin" zu machen. Er hatte sie genötigt Pornofilme anzuschauen und so ihren sexuellen Horizont zu erweitern. Von der ersten zaghaften und leicht angeekelten Berührung ihrer Zunge an seiner Schwanzspitze hatte er sie bis zur perfekten Schwanzlutscherin geführt, die jeden deep-throat willig über sich ergehen ließ und es erlaubte, dass Michael — und nicht nur er — sich an ihrer Mundfotze bedienen und tief in ihrem Rachen abspritzen konnte.

Aus seiner Marion, die zunächst nur schmerzvoll wimmernd seinen Finger in ihrem Anus ertragen konnte während er sie hart fickte, war schließlich eine devote Sklavin geworden, die Analverkehr willig akzeptierte und sich sogar in ihren Darm fisten ließ….

Seine Gedanken glitten auf diese Weise durch die Ehejahre mit Marion und hier saß er also nun — 54 Jahre alt, ein durchaus ansehnlicher Mann, wohl situiert und seit nunmehr zwei Jahren Witwer.

Die Nachricht von Marions schwerem Autounfall traf damals sein Leben wie ein greller Blitz.

Mit schwersten Schädelverletzungen wurde sie von der Feuerwehr aus ihrem völlig zerstörten PKW befreit, nachdem ein betrunkener Fahrer sie frontal gerammt hatte. Fünf lange Tage hatte Michael nahezu vollständig neben ihrem Bett auf der Intensivstation ausgeharrt, bis er schließlich die Diagnose der Ärzte über ihren Hirntod akzeptieren musste.

Dies alles war nun mehr als zwei Jahre her. Nach dem Tod seiner Frau hatte sich Michael völlig in seiner Arbeit verkrochen und seine gesamte Kraft in den weiteren Aufbau der Firma investiert. Es hatte sich gelohnt — selbst in der derzeitigen weltweiten Finanzkrise stand sein Unternehmen gut da und er konnte sogar stetig weiter expandieren.

Aber wozu das alles? Michael begann in den vergangenen Monaten zunehmend die Leere in seinem Leben, in seinem Haus und in seinem Bett zu spüren. Nach der ersten intensiven Trauerphase um seine Frau war er gelegentlich wieder in den einschlägigen Privatclubs zu Gast gewesen und hatte an verschiedenen Sessions teil genommen, dann und wann hatte er ebenso entsprechend ausgebildete Sklavinnen in sein Haus bestellt und im Kellerstudio gemäß seiner Neigungen benutzt….aber er wusste sehr wohl, dass ihm dies alles nicht die nötige Befriedigung bringen konnte. Nach der Zeit des innerlichen Abschiednehmens war es nun an der Zeit, sich eine neue Partnerin in seinem Leben zu suchen.

Seit einiger Zeit beschäftigte eine junge Frau seine Gedanken.

In der Nähe seiner Kölner Firma gab es ein Bistro namens „The frog", mit einem geschmackvollen Ambiente, köstlichem Essen, gut gemischten Drinks und angenehmem Servicepersonal. Dort war er öfter um eine kleine Pause zu machen, sich nach seinem späten Feierabend zu erholen, mit wichtigen Mitarbeitern oder Geschäftspartnern bei einem guten Glas Wein Strategien zu besprechen oder Verhandlungen zu führen.

In diesem Bistro erregte eine junge Frau seine Aufmerksamkeit. In den vergangenen Monaten hatte Michael allmählich etwas mehr über sie erfahren. Ihr Name war Laila, sie war 20 Jahre alt und studierte Sozialpädagogik. War er alleine im „The frog", so begnügte er sich mit einem Platz an der Theke und kam hin und wieder mit Laila ins Gespräch. Sie war alleine. Ihr Vater war Araber und gab ihr den außergewöhnlichen Namen „Laila", war jedoch kurz nach ihrer Geburt verschwunden und Laila wurde von ihrer Mutter groß gezogen, bis diese an Krebs verstarb.

Ab diesem Zeitpunkt musste sich Laila alleine durchs Leben beißen und sie tat dies mit großem Geschick. Die junge Frau war in Michaels Augen eine Schönheit. Sie hatte langes und schwarzes Haar, das in leichten Wellen glänzend über ihre Schulter fiel. Ihr Körper war sehr weiblich geformt und sie hatte große Brüste, deren Nippel gelegentlich durch ihre engen T-Shirts zu sehen waren und deren Anblick Michael so stark erregten, dass er seinen Schwanz pochend anschwellen fühlte.

Laila war sehr stolz und somit nicht bereit, irgendwelche Bafög-Anträge zu stellen, wie sie ihm erzählt hatte. Lieber wollte sie unabhängig sein, ihr eigenes Geld verdienen und ihr Studium, so gut es ging, absolvieren. Zugleich konnte Michael seinen zunehmend vertrauten Gesprächen entnehmen, dass Laila nur über wenig Erfahrungen mit Männern verfügte, denn sie war von ihrer Mutter sehr streng erzogen worden und reagierte beispielsweise auf die plumpen Annäherungsversuche der männlichen Bistrobesucher äußerst schroff.

Michael registrierte ihre Erzählungen und ihr Verhalten mit zunehmend großem Interesse und verhielt sich gegenüber der jungen Frau entsprechend zurückhaltend und sensibel. Stets gab er ihr ein großzügiges Trinkgeld, bedankte sich für die gute Bedienung, machte ihr Komplimente über ihr Aussehen, alles dies jedoch ohne ihr jemals grob zu begegnen.

In den vergangenen Wochen hatten sich in kleinen Schritten Überlegungen entwickelt… zu dem Gedanken, Laila zu seiner Frau zu machen und zu der Frage, wie ihm dies gelingen könnte.

Michael wusste, dass die junge Frau in einer kleinen und, gemäß ihrer Beschreibung, herunter gekommenen, aber dafür billigen Wohnung in Köln-Ehrenfeld lebte. Sie hatte mehrfach erzählt, dass sie sich dort nicht wohl fühlte, aber mehr war für sie finanziell nun Mal nicht drin. Durch entsprechende Verbindungen und mit dem nötigen Kleingeld müsste es einfach sein, Laila aus ihrer Wohnung zu vertreiben und dann… Ja, es war Zeit für eine neue Frau in seinem Leben und Laila schien die Richtige für seine speziellen Neigungen zu sein!

In seiner Firma beschäftigte Michael einen Mitarbeiter als „Mann fürs Grobe". Sein Name war Andreas Weber und er erledigte so manche Angelegenheit unter der Hand. Sie kannten sich mittlerweile seit vielen Jahren, ursprünglich aus der BDSM-Szene und sie hatten viele Dinge gemeinsam erlebt. Michael wusste, dass er sich auf Andreas stets verlassen konnte. Mit einem entsprechenden Auftrag und den hinreichenden finanziellen Mitteln ausgestattet, um den Vermieter von Lailas kleiner Wohnung in seinem Sinne agieren zu lassen, bekam Michael sehr bald von Andreas die Rückmeldung über die Erledigung des Auftrages.

Wie zufällig ging Michael am Ende seines Arbeitstages ins „The frog", setzte sich an die Theke, bestellte ein Kölsch und fragte Laila schließlich fast beiläufig, ob es ihr nicht gut gehe, sie wirke etwas gestresst. Da es noch recht früh und das Bistro noch nicht sehr voll war, hatte Laila etwas Zeit. Sie mochte Michael. Nicht nur, dass sie ihn attraktiv fand. Er war ihr immer sehr freundlich und aufmerksam begegnet, machte ihr Komplimente ohne blöd zu werden und stellte ihr interessierte und intelligente Fragen zu ihrem Studium — schon ein bemerkenswerter Mann.

Also erzählte sie ihm offen von ihren Sorgen: „Mir geht es wirklich nicht besonders gut. Ich habe Stress mit meinem Vermieter! Er will die Wohnung umbauen! Sanieren und modernisieren nennt er das Ganze! Das hört sich ja zunächst mal gut an und die Bruchbude hätte es wirklich nötig, aber gleichzeitig will er im Anschluss eine Wohnungsmiete kassieren, die sich für mich in astronomischen Höhen bewegt!".

„Warum suchst du dir nicht eine andere Bleibe?", fragte Michael und schaute in ihre wunderschönen dunkelbraunen Augen.

„Leichter gesagt als getan!", antwortete Laila mit einem bitteren Auflachen, „Ich habe demnächst Zwischenprüfungen. Hier arbeiten, meine Vorlesungen besuchen, nebenbei für die Zwischenprüfungen lernen und dann auch noch eine andere Wohnung suchen? Das schaffe ich nie!", stöhnte sie entnervt. „Außerdem zahle ich für diese Wohnung nur 200 Euro, etwas ähnlich Günstiges zu finden ist in Köln mittlerweile fast unmöglich!", resigniert zog sie die Schultern hoch und strich sich anschließend eine Strähne aus dem Gesicht, die sich aus ihrem kräftigen Pferdeschwanz gelöst hatte.

„Würde es dir helfen, wenn ich dir für den Übergang Geld leihe?", fragte Michael. „Du weißt, dass es mir finanziell nicht schlecht geht, meine Firma läuft gut und du würdest etwas Zeit gewinnen."

„Danke, dein Angebot ist sehr nett!", erwiderte Laila, „Damit ist mir aber nicht wirklich geholfen. Erstens wüsste ich nicht, wie ich dir das Geld zurück zahlen sollte und Zweitens kann ich in meiner Wohnung wohl kaum lernen, während dort das Bad, die Heizungen und alle Rohre sowie Leitungen heraus gerissen werden. Im Moment weiß ich wirklich nicht weiter!", seufzte sie betrübt.

Michael war innerlich höchst zufrieden. Er wusste, dass die junge Frau zu stolz war, um sein Geld anzunehmen. Diese Tatsache eröffnete ihm aber nun sehr leicht den nächsten Schritt.

„Du kannst übergangsweise bei mir wohnen!", schlug Michael nun vor. „Mein

Haus ist groß genug, du kannst das Gästezimmer nutzen. Es ist groß genug, um es dort länger auszuhalten und du hast ein eigenes Badezimmer zur Verfügung. Dort kannst du dich ungestört auf deine Prüfungen vorbereiten und in aller Ruhe nach einer neuen Wohnung suchen."

„Aber….", versuchte Laila auf seinen Vorschlag zu reagieren, doch er schnitt ihr das Wort ab. Eine Gruppe junger Männer hatte das Bistro betreten und wollte bedient werden, der Laden wurde nun voll. „Ich glaube du hast ab jetzt reichlich zu tun. Morgen ist Samstag und ich würde dich gerne zum Essen einladen. Sei um 13 Uhr im „Le Meridou", dem Restaurant des Dom-Hotels, dort können wir alles besprechen!". Abrupt stand Michael auf, legte großzügig zwanzig Euro auf die Bartheke und verabschiedete sich mit

einem knappen: „Bis morgen!", bevor er
das Bistro verließ.

Laila war pünktlich und sie hatte sich mit
ihrem Aussehen Mühe gegeben.
Michael blickte ihr entgegen und war
begeistert. Das eng anliegende
dunkelrote Kleid betonte ihre weibliche
Figur und brachte ihre wundervollen
Beine und ihre vollen Brüste zur
Geltung. Das dunkle Haar trug sie offen
und es umschmeichelte ihr dezent und
zugleich wirkungsvoll geschminktes
Gesicht. Als sie durch das Restaurant
auf seinen Tisch zuschritt, folgten ihr viel
bewundernde Blicke.

Es wurde ein langes Zusammentreffen.
Michael spielte recht bald mit offenen
Karten. Nach dem anfänglichen
Geplänkel hinsichtlich einer
Erleichterung ihrer Wohnsituation,
machte er ihr sehr bald deutlich, dass er

eine Frau an seiner Seite und in seinem Leben wünschte. Ebenso eindeutig erklärte er, dass er dieser Frau ein angenehmes Dasein bieten und sie verwöhnen könne, sie nicht einzuschränken wünsche, zugleich aber eine fast symbiotische Beziehung anstrebe…

Michael redete lange und eindringlich, blickte immer wieder intensiv mit seinen blauen Augen in ihre mandelförmigen dunkelbraunen Augen, griff schließlich nach ihrer Hand und beendete seine langen Ausführungen mit den Worten: „Ich glaube, dass du für mich die Frau in meinem Leben bist, mit der ich wieder glücklich sein könnte. Ich weiß um unseren Altersunterschied, der dich vielleicht abstoßen mag, zugleich aber auch ein Vorteil für dich sein kann, denn ich würde dich stets versorgen und auf Händen tragen können. Wirst du über

mein Angebot nachdenken?", fragte er
sie…….

Er hatte sie anschließend nach Hause
gefahren, sich mit einem zärtlichen Kuss
von ihr verabschiedet und sie gebeten in
Ruhe eine Entscheidung zu treffen und
sich mit ihm in Verbindung zu setzen.
Nun saß sie in ihrer schrecklichen
Wohnung, mit seiner Visitenkarte auf
dem Wohnzimmertisch und ihre
Gedanken überschlugen sich. Ihr
bisheriges Leben…immer finanzielle
Nöte, flüchtig sexuelle Begegnungen mit
gleichaltrigen Männern, die auf
ungeschickte Weise letztlich nur ihre
Geilheit an ihr befriedigen wollten, ihr
Studium, dessen Sinn sich immer weiter
entfernte….ihre seit der Kindheit
vorhandene Sehnsucht nach einem
starken Mann in ihrem Leben, nach
einem Vater, der sie führte und

behütete…. Laila konnte in dieser Nacht nicht schlafen.

Am Nachmittag des folgenden Tages blickte Michael von den Kalkulationen auf seinem Schreibtisch auf, als seine Sekretärin über den Lautsprecher mitteilte, dass eine „Laila" ihn zu sprechen wünsche. — Hier stand sie also nun, mit offenem Gesichtsausdruck blickte sie ihn an und sagte: „Lass es uns versuchen!", während er, überwältigt von ihrem Mut ihre Hand ergriff, sie zärtlich küsste und zu ihr sagte:

„Ich werde dafür sorgen, dass du deine Entscheidung niemals bereust!".

Über die Autorin

Maria Valleetsy ist eine renommierte Autorin auf dem Gebiet der erotischen Literatur, insbesondere im BDSM-Genre.
Mit ihrem Hintergrund als Sexualtherapeutin kombiniert sie ihr fundiertes Wissen über die menschliche Sexualität mit ihrer Leidenschaft für das Schreiben, um fesselnde und einfühlsame Geschichten zu erschaffen.
Ihre Werke zeichnen sich durch Tiefe, sorgfältig ausgearbeitete Charaktere und eine ansprechende Darstellung der BDSM-Welt aus.
Als Autorin versucht sie, nicht nur die physischen, sondern auch die emotionalen und psychologischen Dimensionen von Beziehungen und Intimität zu erforschen.
Mit ihren Büchern inspiriert Maria Valleetsy ihre Leser, ihre eigenen sexuellen Wünsche und Grenzen zu erforschen und zu verstehen.